O Impulso

튜브

Won-pyung Sohn

O Impulso

튜브

Tradução de Núbia Tropéia

Rocco

Título Original
튜브 TUBE

Originalmente publicado na Coreia por Changbi Publishers, Inc.

Edição brasileira publicada mediante acordo com Changbi Publishers, Inc.

EDITORA ROCCO LTDA.
Rua Evaristo da Veiga, 65 – 11º andar
Passeio Corporate – Torre 1
20031-040 – Rio de Janeiro – RJ
Tel.: (21) 3525-2000 – Fax: (21) 3525-2001
rocco@rocco.com.br
www.rocco.com.br

Printed in Brazil/Impresso no Brasil

Preparação de originais
ANGÉLICA ANDRADE

CIP-BRASIL. CATALOGAÇÃO NA PUBLICAÇÃO
SINDICATO NACIONAL DOS EDITORES DE LIVROS, RJ

S665i

Sohn, Won-pyung, 1979-
O impulso / Won-pyung Sohn ; tradução Núbia Tropéia. - 1. ed. - Rio de Janeiro : Rocco, 2024.

Tradução de: 튜브 tube
ISBN 978-65-5532-466-2
ISBN 978-65-5595-288-9 (recurso eletrônico)

1. Ficção sul-coreana. I. Tropéia, Núbia. II. Título.

CDD: 895.73
24-92273 CDU: 82-3(519.5)

Meri Gleice Rodrigues de Souza - Bibliotecária - CRB-7/6439

Sumário

Prólogo

A queda

Que frio desgraçado. A água está gelada para cacete. Sem falar no gosto. Mesmo assim, muita gente se joga no rio, pensou Andreas Kim Seonggon, esquecendo-se de que era uma dessas pessoas. Era um sentimento pragmático demais para se ter à beira da morte. Ou melhor, para se ter tido. Essa era a verdade verdadeira. Não tinha como ser mais pragmático a respeito de um sentimento tão cruel e podre como aquele.

Enquanto o instinto o levava a expelir a água que entrava incontrolavelmente em seus pulmões, Andreas Kim Seonggon lembrou-se de um momento, dois anos antes, quando estava na ponte sobre aquele mesmo rio e tomara aquela mesma decisão. Se tivesse pulado naquela vez, talvez tivesse poupado a dor de cabeça dos anos seguintes. Foi inútil. A verdade era que todo aquele esforço físico havia se tornado espuma na água.

Esse pensamento não sumiu da mente dele nem enquanto se debatia e engolia água. Beirava o ridículo estar se agitando daquele jeito quando a morte batia à porta. Por que seu corpo lutava se ele tinha ido até lá para morrer? Era como se quisesse viver a qualquer custo. Óbvio que esses pensamentos sumiram bem depressa, e só restaram a sensação de ter chegado ao fim e de estar cara a cara com a morte. Era angustiante e assustador.

Eu suplico. Era o que ele diria se pudesse, prestes a dar o último suspiro. *Não, sem essa de "Eu suplico", cacete. Se for para passar por isto, que termine rápido,* desejou Andreas Kim Seonggon, de todo o coração.

É óbvio que, nesta história, ele não morre. Se for esse o final que você está procurando, pode apenas pensar que Kim Seonggon partiu desta para melhor. Que viveu uma vida medíocre e, sem mais nem menos, partiu sem que ninguém notasse.

É muito fácil mudar as coisas para pior. Tão fácil e rápido quanto deixar cair uma gota de tinta preta na água. O difícil é mudar para melhor. No fim, transformar uma vida que já está arruinada demanda tanto esforço quanto transformar o mundo inteiro.

Esta é a história de como Andreas Kim Seonggon tentou mudar as coisas para melhor. Portanto, se você enjoar da luta solitária dele, basta pensar que ele fracassou. No fim das contas, existem muitas histórias desse tipo no mundo.

Parte um

De volta ao básico

1

Fazia exatos dois anos e cinco dias.

Andreas Kim Seonggon estava naquele mesmo lugar. A ponte que cruzava o rio Han, no coração de Seul, a preferida dos suicidas. Ele subiu numa caixa de maçãs que uma equipe de filmagem cinematográfica tinha deixado ali havia pouco tempo, colocou a cabeça entre as grades antissuicídio e, sem mover um músculo, ficou olhando para baixo na direção das águas que se agitavam, escuras e geladas, pontilhadas de vez em quando pelos feixes de luz de um poste.

A vida era como aquela água. Havia momentos de claridade, porém, na maior parte, era um pântano escuro, frio e infinito. Era por isso que ele considerava as águas daquele rio o lugar perfeito para pôr um fim à própria vida.

No geral, a vida de Kim Seonggon era uma bagunça. Se ele fosse compará-la a um tecido branco, chegaria à conclusão de que havia passado quase cinquenta anos arruinando-o. O resultado era um trapo grosseiro e inútil, cheio de manchas e partes amarrotadas, confeccionado a partir de inúmeros retalhos desconexos que imitavam os de outras pessoas. Mas era impossível comparar a vida dele (rasgada, desfiada, cortada e cheia de furos) a um tecido branco. Aquilo não podia ser chamado nem mesmo de "trapo". Era uma porcaria diante da qual as pessoas automaticamente exclamavam: "Que merda é essa? Hora de ir para o lixo."

Mesmo se o tecido fosse lavado e os vincos, passados, seria impossível confeccionar algo que valesse a pena vestir. Era impossível consertar algo que não tinha conserto e, se fosse para ter uma vida como aquela, ele preferia renunciar a ela. Era o que Kim Seonggon pensava da própria vida, estando prestes a encerrá-la com as próprias mãos. *Se não há mais volta, é melhor acabar com tudo de uma vez. Essa é a sentença mais adequada para mim.*

Apesar disso, a tristeza veio à tona. Onde tudo havia começado a desandar daquele jeito? *Eu também devo ter tido um começo normal.* Pensar em seu "começo normal" o lembrou da mãe, e Seonggon sentiu um aperto no coração. Ele a considerava um símbolo de confiança e generosidade, mas, alguns anos antes de sua morte, o rosto da mãe estava constantemente com uma expressão preocupada. E, enquanto ele fazia um monte de besteiras que sabia que a agradavam, escondido para não a machucar, ela virara as costas para o mundo e ele se tornara órfão aos quarenta e sete anos.

Kim Seonggon segurou o choro e respirou fundo. Então era isso. Mamãe se fora. No entanto, ele queria olhar nos olhos de ao menos mais uma pessoa que o amava. Sua filha, Ayeong. Ele sentia uma saudade angustiante do sorriso naquele rosto infantil, não do desprezo com que a filha o olhava nos últimos tempos. Pegou o telefone para procurar o arquivo de fotos da infância de Ayeong, mas seu dedo torto escorregou e ele empalideceu ao ver o que havia na tela quando abriu o aplicativo. Era um gráfico de ações em queda.

Triiiim! O toque soou estridente e alto. Era Ranhee, sua esposa. Seonggon hesitou por um segundo e então atendeu à ligação, pois tinha esperanças de que aquela seria sua última corda salva-vidas. Talvez ele desejasse, do fundo do coração, escutar frases como "Desculpe", "Vamos tentar de novo", "Vamos voltar e tentar fazer diferente", "Vamos conseguir juntos". Mas o que chegou aos seus ouvidos foi uma salva de tiros de hostilidade.

Começou como um ataque de submetralhadora, com um grito de "Qual é o seu problema?", seguido do relato de como Ayeong ficara andando para cima e para baixo na rua até anoitecer, esperando o pai. Os tímpanos de Seonggon foram reduzidos a cinzas enquanto a esposa o bombardeava. *Cacete*, pensou. Tinha que cumprir suas obrigações como pai apenas duas vezes ao mês — tudo que lhe restara após a separação —, mas mesmo assim tinha se esquecido. Ranhee o acusou de ser um péssimo pai e perguntou se ele já havia se esquecido de quando, alguns anos antes, a menina, então com dez anos, pegara o metrô sozinha e passara uma hora zanzando por aí, até ir parar numa delegacia. Em defesa de Seonggon, havia um motivo. Naquele dia, ele estava encarando a vida em total desalento. Decidira morrer. De fato, não havia sido para dar boas-vindas à morte que ele fora até a ponte?

Mas Ranhee não ligava para o que estava acontecendo com o marido e jogava pragas como se ele fosse algum demônio saído do inferno.

— Você não muda mesmo. Você é infeliz por escolha própria. E agora age assim. Você não muda! Se for para viver desse jeito, que morra desse jeito! Quero que suma da minha vida e apodreça!

Ranhee não praguejava em uma voz forte apenas contra o marido, mas contra a vida, ressentida. Kim Seonggon tanto não conseguiu ouvir até o fim aquela torrente de palavras borbulhantes num mar de ódio que encerrou a ligação e desligou o celular. Ele costumava reagir às ligações da esposa daquela forma.

Seu coração palpitava.

Ranhee sempre tinha sido uma boa pessoa. Em uma escala de raiva de um a dez, não conseguiria ultrapassar o nível três, mesmo quando muito irritada. Porém, em algum momento, sua raiva em relação ao marido disparou de um a cem. *Tinha sido um erro meu? Ou tinha sido um erro dela?*

Seonggon balançou a cabeça para afastar o pensamento. De que adiantava pensar nisso naquele momento?

De repente, as palavras da esposa reverberaram nos ouvidos de Seonggon junto ao som sibilante da ventania do rio, que se intensificava. *Você não muda mesmo. Se for para viver desse jeito, que morra desse jeito.*

Ela estava certa, Seonggon era uma pessoa incapaz de mudar. E mesmo que não fosse, a verdade é que acabaria morrendo como era. Ranhee sempre estivera certa, mas Seonggon, por pura teimosia, nunca dissera isso à esposa. Também nunca se desculpou de nada nem admitiu estar equivocado. Não que não conseguisse verbalizar as palavras, apenas nunca as dissera. Mesmo que soubesse quando havia cometido um erro, em vez de reconhecê-lo, Seonggon tentava se justificar até o fim. Em vez de se reconciliarem, os dois brigavam e, em vez de chegarem a um acordo, se insultavam e se ofendiam mais ainda. Se ele tivesse dito, com calma, que ela estava certa, será que as coisas teriam sido diferentes?

Tais pensamentos o inundaram, e seu coração acelerou como nunca. Ele sabia que logo iria se acalmar, mas deixou-se perder o controle pela última vez. O rosto de Kim Seonggon exibia um sorriso artificial, com os olhos inundados de lágrimas e, quando uma delas escorreu pela bochecha, o corpo dele estremeceu. No curto espaço de tempo em que pensou na mãe, na filha e em Ranhee, um vento gélido assustador soprou.

Seonggon se lembrou das pessoas com camisetas de manga curta e shorts que vira durante o dia. De acordo com a previsão do tempo, faria mais de vinte graus, mesmo durante a noite, o que era uma temperatura incomum para o mês de novembro. Por isso, ele tinha ido até o rio. Mas, naquele momento, a temperatura era de dois graus. A temperatura da água devia estar mais baixa ainda. Maldita previsão do tempo. O corpo dele estremeceu outra vez, com mais violência do que antes. Até os pensamentos que o inundavam haviam congelado diante do vento cortante. Seria dois graus uma temperatura tão baixa assim? Ele se lembrava de ter suportado até mesmo treze graus abaixo de zero sem qualquer dano. Bem, o importante não era a temperatura inusitada, mas, sim, que estava mais frio do que no dia anterior. O nome exato disso era *sensação térmica*. Não era a mesma coisa naquele momento? *Seja lá o que os outros pensem, o importante é meu sentimento de morte; a sensação de que eu deveria estar morto*, Seonggon pensou. Para ele, naquele momento, sua sensação térmica era muito mais baixa do que a temperatura real de seu corpo e seu coração.

Kim Seonggon acabou enfiando as mãos nos bolsos. Os dedos, duros de frio, pareciam suspirar de alívio àquele toque quente. Soltou um arquejo curto. Seu desejo pela morte era poderoso, não havia dúvida. No entanto, ali, Andreas Kim Seonggon acabou tomando uma decisão fatídica — ou muito burra. Decidiu mudar o método de morrer.

Mais tarde, dois anos depois, diante daquele mesmo rio, Kim Seonggon passaria muito tempo refletindo se a decisão que tomara naquele momento de não se jogar naquelas águas havia sido um erro ou obra do destino, até se decidir pelo erro. Na cabeça dele, se não fosse por aquela decisão, poderia ter se poupado dos últimos dois anos.

De qualquer maneira, naquele dia, o que o tirara da ponte não havia sido o incentivo nem o consolo de alguém, mas, sim, o vento frio e cortante. Para muitas pessoas, o frio inesperado daquela noite era um convite para um resfriado, mas, pelo menos para Andreas Kim Seonggon, o vento cortante inconveniente se tornou uma armadura protetora de sua vida.

2

Kim Seonggon colocou o casaco e começou a andar. Aos poucos, o frio que envolvia seu corpo foi se dissipando. Assim que ele deixou os arredores do rio, o vento também enfraqueceu, e o ar gelado já não parecia mais tão amedrontador. Havia algo o incomodando, mas ele não sabia o quê. Não era o destino dele se encontrar com o rio naquela noite. De qualquer forma, a água estaria um gelo.

Em total desalento, Andreas Kim Seonggon se movia a passos pesados, ainda refletindo sobre a morte. Seguiu as curvas das ruas e as atravessou sem pensar, quando necessário, e, em cerca de uma hora, chegou à estação Seul da linha 4 do metrô. Ao entrar, passou pelas chapas de papelão espalhadas, que serviam de abrigo para os moradores de rua. Ao longe, um grupo deles batia papo. Olhares vazios, cortantes, sonolentos; um a um, os sem-teto o examinaram. Andreas Kim Seonggon passou uma garrafa verde de soju em meio a eles feito água benta ungida e se dirigiu a outra estação Seul, desta vez, à do trem expresso. Ao entrar ali, sentiu um tipo diferente de arrepio. Se lá fora fazia um frio de rachar e na estação do metrô a sensação era amenizada pelo calor humano que emanava dos transeuntes e moradores de rua, o frio que preenchia a estação de trem expresso tinha uma natureza diferente. À noite, depois que o expediente havia se encerrado, o lugar expunha um vazio desnecessariamente grande. A sensação oca e solitária de não haver para onde ir pairou ao redor dele, criando uma atmosfera gélida e carregada.

Kim Seonggon caminhava a passos arrastados quando parou em frente a uma televisão no centro da estação. De tempos em tempos, o aparelho emitia um chiado. Aquele barulho sempre havia sido tão alto assim? Apesar de ele já ter visto inúmeras pessoas sentadas em frente à televisão da estação, assistindo a propagandas do período eleitoral ou a alguma festividade no noticiário, havia algo de estranho. Aquele aparelho representava a opinião popular das massas. Ele pensava que as imagens não emitiam som, ou que este estaria sempre abafado pelo barulho da multidão ou pelo noticiário, mas, naquele instante, o som que ecoava da televisão à frente era mais alto que o necessário, e a presença do equipamento se fazia mais evidente ainda. Seonggon se deixou encantar por aquela estranheza e escolheu um assento dentre as longas cadeiras à frente. Ao se curvar para a frente para se sentar, travado de frio, ele podia jurar que tinha ouvido o próprio corpo estalar inteiro. Algumas fileiras adiante, na cadeira da diagonal, estava um morador de rua com uma garrafa de soju na mão. O homem tinha o olhar vazio fixo na tela da televisão e, de vez em quando, erguia a garrafa para tomar um gole.

Junto a imagens de foguetes, naves espaciais e satélites, surgiu na tela uma mensagem que não significava nada para ele. *Na era espacial, o que você vai fazer?* Depois apareceu um empresário estrangeiro que estava sempre no noticiário. O empreendedor norte-americano de ascendência sueca se chamava Glenn Gould — xará de um famoso pianista — e era o jovem prodígio fundador da empresa Nonet, que havia caído na boca do povo. O nome "Nonet" fazia referência aos oito planetas do Sistema Solar e ao restante do universo que a empresa pretendia desbravar. Glenn Gould começou a matraquear sobre a maneira duvidosa com que nomeou a própria empresa e sobre feitos que ninguém poderia imaginar; era um magnata bem-sucedido em todas as áreas, e bastava uma única palavra sua dita em tom de piada para fazer as ações de Wall Street flutuarem.

Um documentário sobre a vida de Gould estava passando na televisão. Sua ousadia inconsequente o havia levado ao fracasso, sucesso, fracasso de novo, fracasso, mais um fracasso, finalmente um sucesso, outro fracasso, aí outro sucesso, sucesso, mais um sucesso e após consecutivos sucessos, ele havia galgado seu espaço como uma personalidade célebre e agora mantinha-se no topo sem se esforçar. O documentário transformava a história de vida de Gould em uma verdadeira novela.

Em retrospecto, os erros do passado de Glenn Gould haviam sido justificados e indispensáveis para todo o sucesso inabalável que veio a seguir, e aqueles que o desprezaram e debocharam das tentativas que o levaram ao sucesso se transformaram em homens estúpidos e patéticos, como os fanáticos religiosos que rejeitavam a teoria da evolução. Tudo isso se devia ao fato de Gould ter se arriscado e sido pioneiro em projetos que todos achavam inconcebíveis, mas obtiveram êxito.

Em algum programa de entrevistas, uma das pessoas na plateia tinha perguntado a Gould qual era o segredo de seu sucesso. Ele fizera seu gesto característico de entrelaçar as mãos e então respondeu. Sua voz, substituída pela de um dublador, produzira a mesma sensação estranha de assistir a um filme estrangeiro antigo.

— A maioria das pessoas acha que o sucesso vem de uma combinação de esforço e sorte, não é? Já eu penso diferente. As pessoas vivem dizendo que "estamos vivendo na era das mudanças", certo? Mas nós não mudamos. Não basta só mudar. De jeito nenhum! Nada muda. Estamos sempre buscando um jeito de mudar, mas, no fim das contas, não dá em nada, nunca. Nós não mudamos. Por acaso você passou por alguma experiência nos últimos tempos que tem certeza de que marcou uma mudança radical? Provavelmente não.

A plateia coçou a cabeça, parecendo confusa. Seguro de si, Glenn Gould retomou a fala.

— Não fique triste. A mudança não passa de algo natural. É como as rugas que surgem no seu rosto com a idade ou algo do tipo. Ah, não me entenda mal! Aqui, quando eu digo "seu", não estou falando especificamente de você, mas de todos nós.

Glenn Gould era audacioso. Que história mais chata e genérica. Uma forma de dizer "Vocês não têm outra saída a não ser permanecerem onde estão porque não se esforçaram de verdade". Ele dava falsas esperanças àquelas pessoas e, ao mesmo tempo, as fazia se enxergarem como um bando de imbecis. Esse papo consequencialista, que só poderia ter saído da boca de alguém já bem-sucedido, era mais do que risível. Era conversa mole para dar sonhos vazios às outras pessoas, mesmo sabendo que elas jamais alcançariam o sucesso. Andreas Kim Seonggon soltou uma risada zombeteira.

É claro que houve uma época em que tais palavras o tinham instigado também. Ele devorou um livro de análise de tendências cheio de textos convincentes e, se cruzasse com algum vídeo emocionante, clicava e se inscrevia no canal sem pensar duas vezes. Seonggon procurava tudo que fosse constantemente motivacional para nutri-lo, tal qual um suplemento ou soro fisiológico e, para dizer a verdade, tudo isso serviu para inflamar certo ânimo dentro dele, pelo menos por um tempo. A maior parte dos conselhos era muito parecida e seguia um padrão que daria até para decorar. Diziam para ir atrás do sonho e agir como se tal sonho já estivesse realizado.

Também houve um tempo em que parecia que ele alcançaria o resultado prometido por esse tipo de mentalidade. Mas o final era sempre o mesmo.

— Charlatão cansativo — murmurou Seonggon.

Na mesma hora, Glenn Gould disse:

— Lógico, algumas pessoas devem achar que eu sou um charlatão cansativo... você aí, por exemplo.

Gould se virou para a câmera ao terminar de falar, lançando um olhar para Seonggon. Ele sentiu um calafrio nos braços. Como o empresário podia ter se expressado com as mesmas palavras? Seonggon se recompôs; tinha sido só uma coincidência. Além disso, também havia o fato de se tratar de uma dublagem, certo? No entanto, Seonggon já prestava atenção às palavras de Glenn Gould. Estava curioso para saber que tipo de coisa iria sair da boca do homem. Para sua surpresa, Gould parecia decifrar seu coração em tempo real, começando a expressar os pensamentos que permeavam a mente de Seonggon.

— Eu sei, você deve estar pensando: *É fácil dizer que alguma coisa mudou. De onde a mudança precisa vir?* Me desculpe, mas nem eu consigo responder isso. Você vai ter que descobrir por si só. Você não achou mesmo que podia tomar uma atitude assim sem refletir muito antes, não é?

Glenn Gould debochava dele. Mesmo assim, Seonggon engoliu em seco e aguardou as palavras seguintes.

— Ah, e o mais importante... — Gould limpou a garganta e balançou o dedo indicador na direção da tela. — Falando sério, você precisa mesmo começar a se mexer. Até quando? Até que a mudança aconteça. Não se iluda achando que o mundo vai mudar; eu garanto que você nunca vai conseguir mudar o mundo. Então, não caia em mentiras. Vou dizer só isto: a única coisa que você pode mudar é *você*! Da cabeça aos pés.

Ele soltou um riso travesso, tal como um mago farsante, e estalou os dedos. No mesmo instante, a tela piscou com estática e, de repente, mudou para o noticiário noturno, que anunciava a chegada de uma frente fria.

Kim Seonggon, que entrara em um estado de transe, recobrou a consciência. Um sopro de escárnio escapou por um dos lados de sua boca que nem ar saindo de um balão. Como é que se mudava aos poucos até mudar por completo? Parecia até uma dança da chuva indígena... Seonggon expirou pelo nariz e hesitou. *Se eu encontrasse o tal do Glenn Gould pessoalmente, talvez minha vida mudasse. Quem sabe meu negócio não receberia um investimento também. Quem sabe...*, refletiu Seonggon, sem convicção, fantasiando coisas sem sentido. *Mas, mesmo se nos encontrássemos pessoalmente, será que eu, nesta situação, do jeito que estou, conseguiria aprender alguma coisa com alguém como ele?*

O morador de rua sentado à frente levantou a garrafa de soju. Como se estivesse acostumado a brindar sozinho, seu pomo de adão se movia quando ele mandava a bebida para dentro em goles suaves. Contudo, era um movimento muito habilidoso e natural. Mesmo nesse pequeno movimento, aquela vida irradiava uma estranha segurança carregada de orgulho antigo. Nem desespero nem desalento; era literalmente uma segurança imutável. O gesto de levantar a garrafa de bebida feito por aquele homem maltrapilho, que toda noite se sentava naquela cadeira para se aquecer à luz da televisão, parecia algo que nunca poderia ser tirado dele. Um ato corriqueiro que jamais desapareceria, tal como o sinal da cruz ao final de uma oração.

Kim Seonggon foi consumido por um pensamento que nunca havia lhe ocorrido. Ao se lembrar dos moradores de rua na estação subterrânea pouco antes, deu mais uma olhada no homem à sua diagonal. Ao longo do tempo, os "moradores de rua" tinham ocupado o espaço da cena urbana com firmeza e persistência. Tirando as circunstâncias que levaram cada um deles a se tornarem sem teto, todos eram bem parecidos. Não importava a geração ou a nacionalidade, torravam todo o dinheiro com birita. Pelo menos, era o que faziam os homens que ele tinha visto. O dinheiro que chegava às mãos deles, doado pelas outras pessoas, quase sempre ia embora para comprar álcool. Igualzinho ao dinheiro que chegava às mãos de um viciado em jogo e se transformava em valor de aposta.

Kim Seonggon espiou os dedos escuros de sujeira do homem. Quando será que havia sido a última grande mudança da vida daquela pessoa? Certamente, no dia em que ele decidira ir para a rua. Uma coisa era certa, não devia estar com o cabelo ensebado nem segurando a garrafa de soju com as mãos imundas desde o primeiro dia. Só devia ter se tornado cada vez mais relapso e maltrapilho, até que chegou àquele momento. Como uma inevitabilidade.

Seonggon prendeu o fôlego devido ao pensamento arrogante que aparecera de fininho. Não queria de jeito nenhum culpá-los nem os humilhar. Só estava tentando imaginar se aquele morador de rua específico poderia mesmo ser um modelo do que Glenn Gould chamou de "mudança".

Por mais que pensasse, a conclusão era óbvia. A vida de um morador de rua era muito "estável". O cotidiano era exaustivo, e talvez ele não tivesse muita esperança; ainda assim, sua situação e padrão de vida haviam se tornado irreversivelmente sólidos. Como água em um enorme reservatório cheia de impurezas, lamacenta e imunda, mas estável. Será que algum deles estaria disposto a chacoalhar todo o reservatório e se esforçar para filtrar tudo até que a água ficasse límpida e pura e, assim, mudar a própria situação até se transformar num cidadão comum? Não seria só difícil, mas um caso extremamente raro que exigiria tanto um despertar completo quanto esforço árduo. Mas seria uma mudança? Não. As pessoas não conseguiam mudar. Talvez fosse possível na infância ou na adolescência, ou até mesmo no comecinho dos vinte anos, mas o ser humano era basicamente só uma função matemática inflexível que acabava gerando um resultado fixo não importava qual informação fosse inserida. Sem perceber, Seonggon balançou a cabeça.

Nesse momento, Kim Seonggon sentiu o estômago roncar e voltou à realidade sem nenhuma solução. *Que saco. É sério que minha vida foi prolongada e agora estou varado de fome por causa do frio que fazia quando eu estava prestes a morrer?* Ele não conseguiu evitar que lhe viesse à mente a imagem de um pedinte com a mão estendida, implorando por comida após se arrastar para fora da água. Aquele corpo arrogante estava condenado. Enquanto o pensamento persistia, Seonggon tinha vontade de se livrar o quanto antes da terrível condição de corpo orgânico que clamava por combustível e por ser destruído por completo.

Bem na hora, também surgiu um pensamento positivo. *Briquetes.* Por que não tinha pensado nisso? Certo, uma unidade de briquete seria o suficiente. Poderia atingir seu objetivo com toda comodidade se intoxicando com seu gás, sem precisar passar frio. Como se simplesmente fosse dormir. Ou pelo menos acreditava que sim.

Na rua por onde saíra da estação Seul, Kim Seonggon fitou o letreiro digital que reluzia no alto, como se fosse a lua brilhando no meio da cidade.

A vida muda quando há mudança de atitude.

Assim dizia a propaganda de uma cadeira de escritório no letreiro. Seonggon relaxou o corpo e, após cogitar por um brevíssimo instante se deveria alongar as costas, deu um passo à frente com uma expressão vazia no rosto, antes que desse ouvidos às palavras sem sentido em seu coração.

3

Depois de dar uma passada no mercado para comprar briquetes de madeira e de carvão, Andreas Kim Seonggon foi para a garagem de seu prédio de quitinetes em estilo *officetel* e entrou no carro. Uma canção antiga, que ele pensava que nunca mais escutaria, o conduziu até a pequena ladeira no fim do bairro. Na região, também havia uma antiga área residencial por onde poucas pessoas passavam. Ele entornou toda a garrafa de soju e saiu do carro para fumar um último cigarro. No entanto, antes que acendesse o isqueiro, alguém à frente começou a buzinar para que ele tirasse o veículo, e o rito fúnebre que Seonggon estava prestes a fazer foi novamente interrompido.

— Pode ir um pouco para trás, por favor? — perguntou o homem, que abaixara o vidro do carro, em tom animado.

— Merda. — Seonggon jogou o cigarro no chão, chutou o pneu e cambaleou até o carro. — Por que nem isso dá certo? Por que você está me fazendo dirigir alcoolizado logo antes de eu morrer? — berrou e deu ré com brusquidão.

O homem no carro à frente tomou um susto, pisou no acelerador e deu no pé. Seonggon sentiu remorso ao vislumbrar um bebezinho dentro do automóvel. Assim, desistiu de dar um mínimo de dignidade a seus últimos momentos de vida. Estava cansado de ter seu plano de morrer interrompido. Queria se ver livre de uma vez. Seonggon ergueu o isqueiro e ateou fogo ao briquete. Enquanto fitava as pequenas labaredas vermelhas, murmurou um último desejo.

— Eu suplico. Por favor, que isto acabe logo.

4

Kim Seonggon abriu os olhos com dificuldade. Raios de luz branca e ofuscante irradiavam por baixo de seu corpo. Ele estava sendo levado para cima. Ainda estava no carro. Ou, mais precisamente, no carro *em movimento*. O veículo se movia mesmo que ele não estivesse dirigindo! Algo bem difícil, considerando que não era um carro automático.

A paisagem avançava devagar, contra a vontade de Seonggon. Então ali era o Paraíso?

Mas ele duvidava de que o Paraíso existisse. Uma estrada em construção e trabalhadores arrumando um poste telefônico; era impossível que esse tipo de cenário primitivo e caótico fosse o Paraíso. Mas também era tudo sem graça demais para ser chamado de Inferno. Um lugar tão medíocre e banal como aquele, nem bom nem mau, só poderia ser a *realidade*. Nada tinha acontecido conforme ele esperava, e sua vida era a mesma coisa que havia sido no dia anterior.

Ao abrir um dos olhos mais do que o outro, com o rosto franzido, Kim Seonggon começou a analisar aquela situação incômoda. O briquete apagado, a porta de trás aberta e a garrafa de soju girando. No dia anterior, ele não fechara completamente a janela após trancar a porta do carro; o ar do interior foi trocado pelo vento gelado e enfraqueceu o monóxido de carbono, e o soju aqueceu o corpo dele a ponto de fazê-lo esquecer-se do vento frio que entrava pela fresta da janela. Antes que seu calor corporal diminuísse, o frio recuou depressa e, sem que ele percebesse, a temperatura ficou mais cálida do que se fosse primavera.

Para o desespero de Seonggon, a única conclusão era que seu carro só estava sendo guinchado depois que ele o estacionara em local proibido enquanto estava bêbado. Havia quem pudesse teimar dizendo que tal situação era um golpe de sorte, mas só aquilo já era uma prova de como Seonggon vivera até aquele dia; sem tomar cuidado, sem conseguir aproveitar o momento certo das coisas, mudando os planos no calor do momento, fracassando. E, logo após constatar esse fato, ele reagiu exatamente como sempre fazia.

— Merda, bosta, puta que pariu, caralho!

A visão do homem xingando e esmurrando o volante dentro do carro rebocado era tão absurda que as pessoas que passavam por ali levantavam o olhar e seguravam o riso, sem dúvida pensando que ele estava apenas descontando a raiva pelo carro estar sendo rebocado. Ao encontrar o olhar de algumas delas, Seonggon jogou o corpo para trás até se recostar no assento, como se tivesse desistido. Um boneco inflável com a frase "Coma à vontade" em frente a uma churrascaria balançava um só braço, como se o provocasse, zombando de sua tentativa fracassada de morrer.

Ele resolveu a questão do guincho e voltou para casa, ou melhor, para o lugar que precisava chamar assim, apesar de não ser exatamente um lar. Acendeu o fogo na sala fria, despejou a água no macarrão instantâneo e, antes mesmo de o macarrão cozinhar, Seonggon o pôs para dentro e aplacou em certo grau a fome que o fatigava como um alarme e a embriaguez. Assim que colocou os olhos no espelho, fitou a própria feição lamentável e cansada. Era a feição de um homem que não conseguia vencer, que perdera até para a morte.

Até certo ponto, aquilo era uma confirmação para Seonggon. O mundo continuava girando apesar da existência dele. No entanto, o fato de ele ter sido rejeitado pela morte e, portanto, permanecer com vida não era nenhuma sorte nem uma benção. A vida não passava de uma eterna prorrogação do cansaço. Além do mais, todo o brilho havia sumido da feição do homem no espelho. Até seu desejo ardente pela morte havia esmorecido naquele dia. Então Andreas Kim Seonggon precisou aguentar até que a morte se tornasse um sonho poderoso outra vez.

Em outras palavras, ele se viu forçado a continuar vivendo.

5

Então vamos avaliar que tipo de vida Andreas Kim Seonggon estava levando. Vamos começar assim: você está andando pela rua quando tromba com um homem de meia-idade. Então o homem de expressão vazia lança um rápido olhar para você — será que está sendo indelicado? —, faz um movimento ambíguo com a cabeça, talvez esquadrinhando-o de cima a baixo e, em seguida, retoma a caminhada. Seu cabelo é grisalho nas raízes, e a barriga, murcha, como se o passar dos anos tivesse devorado toda a gordura, e a expressão dele é severa e mordaz. O tipo de pessoa sem nenhuma característica especial e que, não importa o quanto você pense, é impossível de descrever além de "um homem aparentemente na casa dos cinquenta anos". Assim que você se virar, nem se lembrará de que esbarrou nele. Em outras palavras, um homem comum, igual a qualquer outro da mesma idade, cuja vida estava em declínio; esse era Andreas Kim Seonggon.

E como ele se comporta em sociedade? Pense em alguém que sempre age com arrogância e deixa os outros lidarem com as consequências; na melhor das hipóteses, alguém com espírito de empreendedor; na pior, alguém que se mune de conversa fiada, parte para o ataque quando precisa dar um passo à frente, salta para trás quando precisa recuar apenas um passo e é o primeiro a fugir quando precisa agir com cautela. Além disso, ou melhor, *por causa disso*, para sua grande tristeza, alguém que nunca sentiu o gostinho de uma grande vitória na vida.

Em se tratando da família, o problema é mais sério. Pois essa pessoa é mesquinha e não tem nada de bom para dizer aos familiares. Alguém que pensa estar elogiando, quando, na verdade, as palavras ditas não soam nem um pouco como elogios para quem as escuta. Um marido e um pai um tanto pior do que para quem vê de fora, que se lamenta pelo menor dos problemas e desconta naqueles mais próximos quando sente raiva.

Kim Seonggon é esse tipo de pessoa.

É claro que ele também tem características positivas. Houve uma época em que ele até que era especial para algumas pessoas e, durante a infância, certamente teve momentos em que foi amado. Só que, depois de tantos anos, podemos dizer que ele perdeu o brilho e beira à mediocridade — isso se quisermos ser gentis. Na verdade, ele se tornou alguém tão banal que é preciso muito esforço e até um exame de vista para encontrar algo de positivo em Seonggon. Já que o processo e o resultado não saíram como ele esperava, sua situação atual é extremamente insatisfatória.

Andreas Kim Seonggon nasceu numa época em que ser filho único era raridade. Seu pai era um funcionário público da rede férrea e a mãe, dona de casa. Apesar de ser um homem íntegro, o pai era muito rígido e regrado com tudo o que fazia dentro de casa, e colocava todas as tarefas pendentes em um papel que ele pendurava na parede, como fazia com o itinerário dos trens. Tendo sido instrutor do Exército, seu bem mais precioso era um apito de prata e, toda vez que alguém quebrava uma regra, aquele apito soava sua advertência cortante com um som estridente. Era *piii* para cima, *piii* para baixo, *piii* para cá, *piii* para lá; quase não havia um dia em que não se ouvia o zunido estridente do apito. Num lar tão sufocante assim, a única salvação que a mãe dele encontrou foi se refugiar nos braços de Deus.

A primeira vez que Seonggon botou os pés numa igreja católica foi em algum dia de sua infância remota, quando a mãe, Chiara Choi Yongsun, o levara com ela, no colo, apertado contra o peito. Depois de receber o batismo infantil, algo que não faria sentido para ele por um bom tempo, Seonggon recebeu seu segundo nome, Andreas. O mesmo nome de batismo do padre Kim Taegon, que morreu como mártir.

Contrário às expectativas da mãe, Andreas não parava quieto e vivia fazendo travessuras durante a missa. Uma vez, foi colocado junto dos outros bagunceiros numa sala com porta de vidro e teve que assistir à missa de longe. Teria gostado de ter continuado naquela sala, mas a mãe o obrigara a participar do rito de admissão dos coroinhas, prometendo comprar o brinquedo de montar que ele tanto queria. Andreas aceitou, mas muito contrariado. Assim, ele foi nomeado coroinha pelo padre e passou a usar roupas inadequadas para seu tamanho, e seu comportamento começou a chamar ainda mais atenção.

Encher o copo do padre com refrigerante de uva era uma travessura frequente; às vezes Seonggon era pego rindo em vez de cantar os hinos ao fazer contato visual com os outros garotos da "sala dos bagunceiros" durante a missa. Era difícil levar a missa a sério ao ver as expressões brincalhonas e esquisitas que os outros meninos faziam.

Então, numa certa madrugada, a mãe do menino acabou testemunhando uma cena sagrada: seu filho se levantou antes dela, se vestiu e estava rezando ajoelhado à beira da cama. De modo calmo, ele a acordou e pediu para irem à igreja, ao que ela fez o sinal da cruz e respondeu que sim, claro que sim! A partir desse dia, além de realizar a função de coroinha, Seonggon se tornou tão sério e meticuloso que até o padre passou a admirá-lo e dizer que o próprio Espírito Santo o havia abençoado. Logicamente, ninguém sabia que o motivo para tal mudança se chamava Julia Lee Juhee, que havia chegado à paróquia pouco tempo antes.

Seonggon viveu o primeiro amor na primavera em que fez doze anos, um evento que mudou toda a sua visão de mundo. No começo, ele era ateu; ir para a igreja era só um pretexto para ser dispensado da escola e um bico pelo qual recebia mesada da mãe quando fazia direitinho seu papel de coroinha. A situação piorou quando escutou algum idiota dizer que Seonggon "estava de vestido" e teve que suportar a tortura de ficar parado feito uma estátua na frente de todo mundo com o manto vermelho que chamavam de túnica, mas que era mais parecido com um roupão de banho.

Porém, numa tarde preguiçosa, por acaso, Seonggon avistou Julia Lee Juhee cantando o hino sem entusiasmo algum e ficou sem ar. Era como se o ser mais puro do mundo estivesse adorando a Deus com sua voz. Por um segundo, a luz atravessou o vitral e pousou sobre o véu que ela usava, e os olhares dos dois se cruzaram. Andreas Kim Seonggon não teve outra escolha a não ser acreditar em Deus.

Antes que ele tivesse a oportunidade de falar com Julia, seu amor inocente foi arruinado por um amigo dele, Jacob Park Gyupal. Os dois tinham se conhecido na sala dos bagunceiros e logo feito amizade por terem muito em comum: um pai autoritário, uma mãe devota e uma dúvida razoável acerca da existência de Deus. O conflito de Seonggon começou quando ele decidiu que acreditava mesmo em Deus, e Gyupal lhe fez uma proposta um tanto peculiar.

— Você não acha esquisito que só quem foi batizado recebe o corpo de Cristo? Todo mundo não é filho de Deus? —

perguntou o amigo, enquanto chupava um geladinho nos fundos da igreja.

Gyupal cuspiu e chutou um pedaço de gelo. Seonggon organizava as velas em frente à estátua da Virgem.

— Como assim?

— Um coroinha que nem você não tem que ajudar as almas perdidas que nem nós? — perguntou Gyupal, com sarcasmo. Ele ainda não tinha sido batizado.

Seonggon sabia que Gyupal havia se recusado a fazer a primeira comunhão. Toda missa, ele e os outros bagunceiros ficavam observando atentamente aqueles que faziam o rito.

— Mas... como eu poderia ajudar você?

— Sempre tem um jeito.

Quando Gyupal sussurrou a proposta no ouvido de Seonggon, ele não gostou da ideia, mas, se não a aceitasse, não teria como provar sua inocência, isto é, que não conspirava com as autoridades da Igreja.

— Tudo bem, mas só uma vez!

O acordo foi selado com um toque de punhos fechados entre Seonggon e Jacob.

Foi depois da missa, num domingo à tarde. Seonggon liderou o caminho até a sala onde ficavam o vinho e a comunhão das crianças. Seonggon montava guarda enquanto as crianças vestidas com a túnica se empurravam com os ombros numa fila que mais se assemelhava à de um inspetor corrupto liderando um esquema de imigração ilegal.

Em certo momento, Seonggon notou alguns gestos esquisitos. Sete passos à frente dele, Gyupal e as crianças chacoalhavam algumas moedas. Como se fosse um delinquente profissional, Gyupal colocou a mão no ombro de uma criança que não tinha lhe entregado nenhuma moeda. No momento em que o mais velho bloqueou o caminho, a criança pegou uma moeda emprestada com a próxima da fila, entregou e entrou correndo na sala.

— O que você está fazendo? — perguntou Seonggon num sussurro.

Gyupal estalou a língua.

— Eu ia dividir com você também.

— Não é isso. Não estou aqui para vender Deus!

Gyupal entrou na sala e indicou um tonel com o rótulo "água benta", uma caixa com o rótulo "comunhão" e uma garrafa de vinho coreano Majuang enfileirados ao longe.

— Então o que é aquilo? — rosnou ele. — Você vai fabricar Deus? Aquilo não é Deus, é só bebida e pão. De qualquer forma, a gente nasceu para vender e comprar uns aos outros.

Seonggon também não sabia por que guardavam o corpo e o sangue de Jesus em recipientes dentro de uma sala, e talvez fosse por isso mesmo que ele estava ali, auxiliando naquele plano. Mas Seonggon sabia que o colega tinha uma má conduta. Às vezes, no momento do dízimo durante a missa, via Jacob colocar a mão dentro da caixa de doações não para depositar algum dinheiro, mas para roubar. Porém, o que estavam fazendo naquele momento passava dos limites. Nem mesmo um deus feito de pão deveria ser vendido por dinheiro.

— Chega de...

Seonggon evitava ao máximo entrar em brigas, mas, antes que pudesse terminar a frase, foi impelido a recuar pela força de Gyupal.

— Vai lá fora vigiar, seu idiota!

Gyupal deu um empurrão em Seonggon e fechou a porta, trancando-o para fora da sala. Andreas Kim Seonggon a esmurrou, mas a única resposta que obteve foram as palavras maldosas de Jacob.

— Seria uma boa ideia se você ficasse quieto. Não vai ser legal se nos descobrirem.

Sem palavras, Seonggon sentiu os lábios estremecerem. Fez uma prece tardia; como Gyupal dissera, seria apenas uma vez, então provavelmente ninguém nunca saberia. Mas Deus o julgaria. Seonggon sentiu medo e, enquanto rezava piamente, ouviu passos no fim do corredor. Arregalou os olhos. Julia, com quem ele nunca trocara uma única palavra, se aproximava, acompanhada do padre. Era difícil acreditar que a visão mais bela do mundo pudesse ser motivo de uma sensação tão terrível.

Por favor, suplicou Seonggon, mas o padre já estava indo direto até ele com uma expressão desconfiada. O menino bloqueou a porta com o corpo e balançou a cabeça, porém, com uma força quase hercúlea, o padre o tirou do caminho e abriu a porta para expor uma cena de pecado e ganância. Sentado na velha escada de madeira, bebendo vinho do cálice do padre e contando as moedas, estava Gyupal, junto das crianças que enchiam a boca com os pães da comunhão como se fossem biscoitos. E ele, Andreas Kim Seonggon, era claramente o líder daquilo tudo.

O padre fez o sinal da cruz e lançou um olhar medonho na direção dele. Seonggon balançou a cabeça de um lado ao outro e esperou que Deus o salvasse, mas só o que recebeu foi o olhar acusador e decepcionado de Julia.

6

De modo muito oportuno, o pai de Seonggon foi remanejado para outro local de trabalho, e a família teve que partir para a província de Gyeonggi começar uma nova vida num novo lugar. Com o início da adolescência, Seonggon parou de ir à igreja e, naturalmente, se esqueceu de Julia e Gyupal. Naquela época, a vida dele se tornara um grande tédio; se era profana ou devota, não importava. O pai continuou com a história do apito, mas a frequência foi caindo, e a mãe, que com a ajuda de seu querido Deus foi tomando as rédeas da casa, um dia conseguiu jogar o apito fora sem que o marido se desse conta.

O rumo da vida de Seonggon fluiu de modo bastante tranquilo, como o de qualquer outra pessoa. Ele terminou a escola e foi para a universidade. Como nunca havia tido nenhuma aspiração concreta para o futuro, escolheu a carreira que considerou a melhor entre as opções. A essa altura, seu nome de batismo católico já tinha sido esquecido havia muito tempo.

O nome "Andreas" ressurgiu no primeiro ano de faculdade de Seonggon, na aula de conversação básica de espanhol. No primeiro dia de aula, ele percebeu que as pessoas tinham formado duplas e já estavam treinando; a professora gesticulou para que ele se sentasse no fundo da sala. No canto mais distante, Seonggon se sentou ao lado de uma aluna que viria a ser seu segundo primeiro amor.

— Olá — cumprimentou a garota, graciosa e cheia de vitalidade.

Ela nem terminara de falar, mas ele achou que cada som pronunciado pareceu estourar de frescor feito bolhas de sabão. Não tinha pensado em utilizar seu nome estrangeiro numa aula de língua estrangeira, mas mudou completamente de ideia quando a garota se apresentou, balançando o cabelo com corte chanel.

— Meu nome é Cha Eunhyang. Mas aqui me chamam de Catalina. — A garota abriu um sorriso. — Em inglês, se fala *Cathrin*; em francês, *Cathrrín*; e em espanhol, *Catalina*. — Ela fez uma pausa, e depois acrescentou, com uma risadinha: — Mas pode me chamar de "Cat".

— Eu... eu me chamo... — Seonggon se atrapalhou, mas então retomou o nome que utilizara tanto tempo antes. — Andreas. Kim Seong... Geonan... Dreas.

Por que as palavras tinham saído todas quebradas?

— Andreas? Que nome bonito.

Aquela foi a primeira vez em muito tempo que a pronúncia de seu nome soou estranha para ele. A risadinha dela preencheu seu coração. Durante todo aquele semestre, Seonggon se sentia sem jeito ao falar com Cat, mas ela continuou sendo afetuosa. Era sociável e divertida, repleta de ideias libertárias e uma aparência exótica, mas cada ação era permeada de compostura. Seonggon não teve escolha senão se deixar encantar por ela. Às vezes, ele se perguntava se era só amizade. Tudo o que sabia era que seu coração pertencia a Cat.

No entanto, quando o nível de espanhol de Seonggon melhorou e ele decidiu declarar seus sentimentos por Cat indiretamente em espanhol, o destino mais uma vez deu uma guinada: a garota estava prestes a viajar para um intercâmbio nos Estados Unidos. Ao ouvi-la contar a novidade de que seria transferida para uma universidade estrangeira, Seonggon balançou a cabeça em silêncio, desolado.

— Eu não quis contar até ter certeza. — Cat, que mantinha o olhar em algum ponto distante enquanto falava, de repente olhou nos olhos de Seonggon. — Por que será, hein?

Seonggon ficou em silêncio. Cat nem esperou pela resposta. Seu rosto adquiriu uma expressão madura e, como quem entrega um cartão de visitas tirado do bolso, ela estendeu a mão para um aperto.

— Foi um grande prazer ter conhecido você, Andreas.

Seonggon pegou a mão dela num aperto enérgico. Embora estivesse chorando por dentro, ele apenas sorriu e desejou boa sorte à colega. Do momento em que se conheceram até a despedida, Cat havia sido boa para ele.

Durante um tempo, os dois trocaram e-mails, até que o contato cessou de modo natural enquanto Seonggon servia no exército e depois retomava os estudos na universidade.

7

O que ficou daquele amor frustrado foi o nome Andreas. Não seria exagero dizer que, desde então, ele experimentara todos os sentimentos humanamente possíveis sob o nome Andreas Kim Seonggon. Mesmo quando trabalhava meio período como barman para juntar dinheiro, ou quando fez um mochilão pela Europa, ou nas vezes em que virou a noite jogando RPG ou competindo em jogos de perguntas e respostas sobre filmes nas salas de bate-papo chamadas *yeongkwibang*, ele sempre era "Andreas".

Toda vez que o chamavam de Andreas, parecia que um sopro de liberdade enchia aquela vida tão presa à realidade sob o nome Kim Seonggon. Sua outra identidade, chamada Andreas, foi o que pode ter possibilitado aquela atitude blasfema na infância e a construção de um sentimento "entre o amor e a amizade" num espanhol medíocre. Com o nome Andreas, podia voar e até explorar mundos desconhecidos, para a qualquer momento firmar os pés na terra como Kim Seonggon outra vez. Foi por esse motivo que ele passou a se apresentar como Andreas Kim Seonggon.

Depois que se formou, Andreas arranjou um emprego em uma fábrica de componentes automotivos, na equipe de vendas no exterior. Seu crachá dizia "Seonggon Andreas Kim". Um comprador francês com quem fizera amizade o chamava de André — com um forte som anasalado. Assim, Seonggon ia vivendo seu cotidiano calmo e organizado.

Um dia, ele e uma mulher chamada Ranhee começaram a conversar em uma *yeongkwibang* e, logo depois de se encontrarem pessoalmente, iniciaram um relacionamento intenso que resultou em casamento e uma filha. A avaliação e os resultados dele na empresa não eram ruins; sua situação financeira e profissional era positiva; tudo progredia tranquilamente. De certa forma, parecia que sua vida estava fluindo de vento em popa.

Porém, em algum momento, Seonggon começou a sentir um pesar no coração. Sua vida foi ficando monótona e os dias pareciam sempre iguais. Era sufocante. Para piorar, quando percebeu que sua frustração vinha do fato de o mérito por seu modesto sucesso se dever mais à empresa em que trabalha e às garantias que ela oferece do que a si mesmo, seu coração começou a bater violentamente.

Depois de entender por que estava botando um freio na própria vida, ele precisou escolher entre duas opções: ou continuar vivendo como um bem de consumo para a empresa, ou chutar o pau da barraca e correr atrás de um sonho.

Fosse positivo ou negativo, a moda era defender uma vida livre, cheia de novos desafios. Todos apoiaram o pedido de demissão de Seonggon, até com um pouco de inveja, com a exceção de Ranhee. Na época, Andreas Kim Seonggon tinha o sangue jovem e quente demais para perceber que palavras encorajadoras e a boa sorte ao acaso eram o Diabo sussurrando.

A primeira atitude de Seonggon depois de sair da empresa foi abrir uma loja de bugigangas num shopping. Ambicioso, quis um escritório e sonhava em criar uma loja de departamento on-line que vendesse tudo que um cliente pudesse imaginar, desde cortadores de unha até máscaras de gás, mas, ironicamente, a grande variedade de produtos acabou confundindo os consumidores.

Depois que o primeiro projeto fracassou, Seonggon utilizou o dinheiro que sobrara para colocar em prática um segundo desafio: uma cafeteria com torra de café de alta qualidade. No entanto, a poucos metros loja de Seonggon, inauguraram uma cafeteria de franquia com preço acessível e alta qualidade, e o negócio dele foi à falência. Depois de uma curta pausa, Seonggon decidiu entrar numa promissora empresa de impressoras 3D, mas foi rejeitado por falta de conhecimento.

Ele não desistiu. Até mesmo aqueles que o cercavam e o haviam chamado de resiliente no início passaram a criticar os desafios constantes aos quais ele se submetia e a espalhar que Seonggon era viciado em abrir negócios. Se ele fosse à falência, se ergueria de novo; se fracassasse, começaria outra vez. Esse ciclo foi ficando cada vez mais curto e os períodos de pausa, mais longos. Por mais que ele se reerguesse, nada mudava.

Havia uma armadilha escondida cada vez que ele se reerguia. Kim Seonggon nunca fazia o fundamental: parar e refletir. Achava que existiam ganhos no fracasso, mas esse não era bem o caso. Ele insistia em repetir para si mesmo frases do tipo "Só para ter certeza", "Seja o que for" e "Desta vez vai ser diferente", e ficava se martirizando, mas nunca parava e refletia sobre a raiz do problema. Ao ficar sabendo de alguma informação nova, ia com muita sede ao pote e, quando não dava certo, se consolava com diversas desculpas.

O dinheiro guardado foi sumindo com o passar do tempo, e os dias de luta que Seonggon vivia foram pouco a pouco ficando estampados em seu rosto. Várias noites de angústia deram origem a rugas profundas, olhos secos e um aspecto apagado carregado de dúvidas sobre a condição humana. Ele foi ficando mais ríspido e grosseiro a cada dia.

Andreas Kim Seonggon passou a maior parte da vida lutando. Nunca deixou de correr atrás dos próprios sonhos e se dedicava no presente para colher os frutos no futuro. Queria sempre mais e não aceitava críticas à sua vida tão árdua.

Uma vez ou outra, chegava perto de alcançar sua meta, mas o bom resultado nunca durava muito, e tal situação também poderia se enquadrar como um "fracasso". Sendo assim, toda vez que cedia, se dobrava ou via seu caminho bloqueado por causa das brincadeiras daquele martírio chamado vida, Seonggon mudava de rota e dava de cara com um novo obstáculo. Conforme seguia em disparada, os dias que passavam iam se tornando vestígios irreconhecíveis, a ponto de que seria melhor só descartá-los.

Como qualquer ser humano, ele começou a culpar os outros por tudo de ruim que lhe acontecia. A culpa era do chefe babaca; dos clientes; do sistema em que só os mais poderosos obtinham sucesso; dos tratantes e ladrões que atulhavam o mundo; da vida doentia. Sempre que seus esforços resultavam em nada, esses pensamentos se acumulavam e se alojavam em sua mente, um por um, como gotas de cera que escorrem de uma vela até chegarem à base do castiçal. E, sempre que sua cabeça se enchia de pensamentos desse tipo, sem que percebesse, Kim Seonggon ia cada vez mais perdendo as esperanças.

* * *

Só que, até mesmo numa vida apagada, há momentos em que a oportunidade volta a bater à porta. A batida é tão fraca e discreta que as pessoas com uma audição menos apurada têm dificuldade em percebê-la e acabam deixando a oportunidade passar.

O dia em que Andreas Kim Seonggon ouviu a batida da oportunidade foi quando deixou as margens do rio Han e foi até a estação Seul, onde se deparou com a palavra "mudança". Uma palavra tão simples, que ele já havia escutado tantas vezes e em todo lugar, sem que soubesse o porquê, naquela noite se prendeu como um grilhão em seus ouvidos e criou uma pequena raiz ali.

Mas como uma mudança seria possível? Como um homem tão obtuso e descontente quanto Seonggon poderia identificar uma mínima oportunidade batendo à sua porta? Talvez tenha sido apenas uma coincidência, ou talvez o próprio Kim Seonggon, de dentro de suas profundezas, tenha gritado ao mesmo tempo que Andreas:

— Esta é a última chance de mudar sua vida de vez!

8

Ao recobrar a consciência, Seonggon olhou em volta. Uma pequena janela por onde entrava um fino raio de sol, uma escrivaninha de ferro, uma cama dobrável com aquecimento que ele achara sabe-se lá onde e caixas empilhadas até o alto da parede; caixas que ele odiava, mas que guardavam toda a sua história.

Assim que as viu empilhadas feito uma torre, sentiu o ódio ferver. Ansiara tanto por aqueles objetos, mas eles, num piscar de olhos, se tornaram tralhas. No início da pandemia do coronavírus, quando houve escassez de máscaras, os olhos dele brilharam com a chance de abrir um negócio de distribuição de máscaras. Seonggon achou que esse nicho de mercado seria um sucesso, mas outros empresários o passaram para trás.

Enquanto as máscaras que ele havia comprado antecipadamente por um preço alto se tornavam cada vez mais desnecessárias, a única mudança que ocorria era a pressão dele subindo e os vasos sanguíneos se estreitando. As máscaras tinham sido compradas por um preço bem mais elevado do que a média de mercado, e o período de alta de uso já estava passando. Seonggon vivia fora de casa sob o pretexto de estar fazendo negócios, mas, mesmo com todo o investimento, não havia quem comprasse as máscaras. Havia jurado que seria a última vez, mas o único resultado foi ficar à beira do divórcio. Quando as economias domésticas entraram em colapso, sua esposa o proibiu de voltar para casa.

Seonggon decidiu analisar quais gastos poderiam ser cortados. Em primeiro lugar, tinha duzentos milhões de wons em ações. E um empréstimo de trezentos e cinquenta milhões. Fora isso, possuía uma pequena poupança de uns setenta milhões de wons. Juntando tudo dava... Seonggon desistiu de fazer as contas.

O humor dele foi para a lama.

De repente, num acesso de ódio, Kim Seonggon jogou as caixas para longe. No momento em que os objetos batiam no chão com um estrondo, ele sentia uma enorme satisfação. Vociferando e arremessando as caixas, pegou as máscaras que despontavam das caixas não lacradas e começou a atirá-las longe também. O apego à morte que ele não conseguira concretizar — o mesmo sentimento que o levara ao limiar da morte — voltou para aquele homem frágil e patético.

Era melhor ter me jogado no rio em vez de estar neste fundo de poço! Não acredito que esta merda de vida voltou para me assombrar!

Kim Seonggon desabou no espaço entre as caixas e se lamentou. Ainda bem que não tinha ninguém ali para ver aquela cena. Um homem daquele tamanho chorando e esmurrando o chão enquanto jogava as máscaras, que eram mais leves que uma pluma, para um lado e para o outro era uma cena que lembrava uma criança fazendo birra quando um dos pais se recusa a comprar um doce no mercado.

Seonggon teve a sensação de que tudo era como deveria ser e chorou ainda mais, até a saliva começar a escorrer pelo queixo. No exato momento em que ergueu a cabeça e puxou de volta a saliva prestes a encostar no chão, como se tivesse lançado um ioiô, ele se deparou com a própria imagem refletida na moldura de vidro encostada na parede. Dentro da moldura havia um pôster de seu filme preferido: *Asas da liberdade*.

O pôster retratava o personagem Birdy, um homem solitário, de cócoras, fitando o luar. À esquerda, havia a enorme sombra de um homem soluçando com as pernas curtas e grossas estendidas no chão. Ele tinha o cabelo desgrenhado, uma barriga protuberante, seu cenho estava franzido e sua expressão era hostil. Seonggon olhou nos olhos daquele homem na moldura e ficou imóvel. Arfou diversas vezes enquanto o observava desconfiado, incapaz de desviar o olhar daquela aparição inesperada. O corpo franzino de Birdy e seu olhar triste de quem ansiava por alçar voo sem dúvida faziam um belo contraste. Ainda tenso, Seonggon se aproximou da moldura, engatinhando em direção à sombra ao lado de Birdy, ou melhor dizendo, em direção a si mesmo; de perto, conseguia vê-la muito melhor.

Quanto mais se aproximava, mais a moldura ia escurecendo, até refletir a imagem dele tão nitidamente quanto um espelho.

Deplorável.

A palavras soou na mente dele como um sino pendurado numa porta de entrada. Os músculos da face de Seonggon foram aos poucos perdendo a força; mesmo quando as rugas suavizaram, o sino dentro de sua mente continuou tinindo.

De. Plo. Rá. Vel.

Kim Seonggon pôs a moldura de *Asas da liberdade* sobre a mesa, ajustou o ângulo e a distância e, então, deu alguns passos para trás. Lembrou-se do verso de um poema: "Diante do espelho, agora que voltou"* e, segurando o fôlego, virou-se de lado devagar. Quando instintivamente relaxou, a densa gordura abdominal saltou para fora como um revólver puxado da cintura.

---

* Verso do poema de Seo Jeong-ju, *Gukwa yeopeseo* (국화 옆에서, no original, ou, em tradução livre, "Junto ao crisântemo"), de 1948. (N. da T.)

Absorto nos próprios pensamentos, Seonggon atravessou o cômodo e se sentou à escrivaninha. A agitação frenética que o consumira havia pouco tinha desaparecido. Ele passou os olhos pela galeria de fotos do celular, querendo encontrar alguma coisa, mas só havia capturas de tela de notícias ou de gráficos de ações, recibos de depósitos e fotos de paisagens desertas que ele tirara por acidente. Seonggon largou o celular e ligou o notebook, então começou a procurar na nuvem.

Depois de passar um tempo moroso para descobrir a senha que tinha esquecido e recuperar a conta inativa, sincronizou os dados do celular e então, aos poucos, voltou ao passado. As fotos esquecidas eram uma prova de sua história; conforme o homem da tela ia se distanciando daquele do presente, mais Seonggon rejuvenescia e emagrecia, a compleição de seu rosto ganhava vida e as rugas suavizavam. Ele se empenhou com fervor e curiosidade naquela inesperada viagem no tempo até uma imagem em específico enfim lhe chamar a atenção.

Um homem jovem, de porte ágil, usando calças de moletom e uma regata, olhava para um espelho enquanto segurava uma garotinha no colo. Com os braços relativamente definidos, as costas retas e o cabelo bagunçado, ele exalava a liberdade de não estar preso a nada. Até o maxilar cheio de pontos pretos onde a barba despontava era atraente. A bela esposa sorria, recostada nele, e a garota de cabelo enroladinho nos braços do pai levantava o queixo na direção do céu com um sorriso mais radiante do que a luz do sol. Era uma foto digna de competir em algum concurso de fotografia com o tema "família feliz".

Este sou eu?, perguntou-se Kim Seonggon, impactado. *Eu realmente vivi essa época?*

No presente, tudo havia mudado. Literalmente tudo.

Em qualquer outro momento da vida, Seonggon teria comparado a foto antiga com a lamentável situação atual e se concentrado apenas em seu humor. Mas, de alguma forma, havia adquirido um estranho caráter questionador. Observou cada canto da foto com atenção; as expressões, a atmosfera, até mesmo a luz que refletia em um dos lados, tudo estava perfeito. Um desejo inédito brotou no coração de Seonggon.

Ele queria se tornar o homem daquela foto.

9

Era o aniversário de três anos de Ayeong. Seonggon tinha reservado ingressos para a família assistir a um musical estrelado pelo Leão Covarde de *O Mágico de Oz*, mas logo antes de saírem de casa, eles receberam uma notícia bem chata. Por conta de um compromisso pessoal do ator, a apresentação daquele dia tinha sido cancelada. Ayeong, que estava ansiosa para assistir à peça, abriu o berreiro, e mesmo que Ranhee tentasse acalmar os ânimos da filha, a choradeira parecia que não acabaria nunca.

Foi quando Seonggon apareceu. Ele tinha ido lavar o rosto e voltara com o cabelo desgrenhado feito uma juba, dizendo que o leão tinha ido até lá para ver Ayeong, já que não conseguira vê-la do palco. Soltando rugidos cômicos, Seonggon se aproximou da filha e a pegou nos braços, balançando-a e a jogando para cima algumas vezes, no que ela arregalou os olhos e soltou uma risada inocente que preencheu toda a casa, substituindo o choro. Ao contemplar a cena, Ranhee se aproximou furtivamente, se recostou em Seonggon e tirou a foto com o celular.

Na época, ele pensara que aquele tinha sido um dia comum. Pois não sabia na época que os momentos perfeitos acontecem no dia a dia da vida.

10

Seonggon conectou a impressora empoeirada ao notebook. Já tinham se passado dez anos desde que a comprara; uma velha de guerra que estampou em silêncio todos os sucessos e fracassos dele. Depois de imprimir a foto colorida em papel A3, Seonggon pegou o espelho de corpo inteiro que ficava guardado no depósito desde antes de se mudar para lá e, enquanto pendurava o papel ainda quente na parede, posicionou-se de pé na frente do espelho. E tentou ao máximo imitar o homem da foto.

Para fazer o papel de Ayeong, ele segurou uma velha abelha de pelúcia, usada como almofada no escritório, e girou o corpo para ajustar o ângulo do quadril como estava na foto. Então deu seu melhor sorriso inocente, igual ao do homem da foto antiga. Mas a imagem mostrava não um sorriso, mas risadas; então ele fingiu rir, apontou para o espelho a câmera do celular, que pegara com muito esforço, e tocou o botão de captura múltipla. Quando se cansou, a gordura abdominal mais uma vez despencou. *Não acredito que seja tão difícil assim imitar a mim mesmo*, murmurou ele, com a respiração entrecortada e os ombros subindo e descendo. Com certeza era mais confortável ficar do jeito que estava. *É melhor só viver do jeito que eu sou mesmo.*

Kim Seonggon desistiu e se largou numa cadeira. Aquela atitude não fazia o menor sentido nem tinha propósito algum. Ele só queria comparar o presente com o passado e confirmar como as coisas haviam mudado.

Escolheu uma foto menos tremida, a imprimiu em papel A3 e a colocou lado a lado com a foto tirada doze anos antes. Seonggon grunhiu baixinho. Não estava sendo uma boa experiência.

Primeiro, Ayeong e Ranhee o tinham rejeitado, e ambas estavam prestes a sumir de sua vida. Talvez fosse mais adequado dizer que era ele quem havia desaparecido da vida delas. Além disso, no passado, eles tinham criado um lar aconchegante naquela casa, apesar de ela ser pequena demais para a família. Logicamente, a casa também sumira já fazia tempo. Fora isso, Seonggon achava que eles haviam tido uma vida de certa abundância naquela época e não queria nem contar um por um todos os bens que tiveram.

Enquanto o Seonggon daquela época sentia a brisa fresca num lugar ensolarado, o Seonggon do presente nadava sozinho numa imensidão escura. Quanto mais ele pensava nisso, mais se sentia desconsolado.

Seonggon balançou a cabeça. Em vez de comparar a circunstância do presente com a do passado, decidiu analisar apenas a *verdade superficial* que a foto mostrava. Como um pesquisador examinando o resultado de um experimento, Seonggon olhou de uma foto para a outra e soltou um grunhido fraco.

— Eu envelheci. Meu cabelo... quase sumiu... Fiquei um pouco mais, um pouquinho mais... Eu fiquei horroroso.

Apesar de ele mesmo ter dito as palavras, sua raiva ferveu como se outra pessoa tivesse espalhado uma fofoca a seu respeito. Ele admitia. Admitia tudo. Admitia que tudo nele havia mudado, desde a aparência até a condição de vida. Mas não existia nada que ele pudesse mudar? Ele chegou à conclusão de que não. *Realmente, não existe nada que eu possa fazer...*

Como se fosse desvendar o último enigma, ele pôs uma folha de papel sobre a outra e as levou até a janela. Contra a luz, o Seonggon do passado e o do presente se tornaram uma silhueta sobreposta e, com expressões e arredores obscurecidos, a diferença entre os dois ficou extremamente visível. A altura um pouco menor, o rosto severo e anguloso, e também a cintura. Ou melhor, a postura. As costas curvadas e os ombros encolhidos; em resumo, a corcunda.

Cintura, costas, ombros, corcunda... isso, a postura. Seonggon inclinou a cabeça para o lado. E se desse para consertar pelo menos alguma dessas características? Parecia ser o mais fácil e urgente a se fazer naquele momento. Ele voltou para a frente do espelho e endireitou as costas, surpreso por até um gesto tão simples ser extenuante. Só para endireitar a postura, ele precisou encolher a barriga com força e segurar o ar o máximo que pôde. Foi difícil e cansativo, e seu quadril doía. Então Seonggon soltou o ar e os ombros mais uma vez.

Qual é o sentido disso tudo?

Com um sentimento familiar e a respiração entrecortada, Seonggon se esparramou na cadeira num estado de desespero que já se tornara parte dele. A tela do notebook estava lotada de miniaturas de fotos e vídeos. Com uma expressão vazia no rosto, Seonggon rolou a tela para baixo. Passava os olhos de leve pelas imagens antigas, mas parou quando uma em específico lhe chamou a atenção; era o rostinho sorridente de Ayeong emoldurado por um pequeno quadrado. Com as mãos trêmulas, Seonggon clicou na imagem duas vezes. Assim que a tela foi preenchida com a imagem e o som de uma gargalhada, foi como se uma adaga tivesse perfurado seu coração. Igual à foto vista pouco antes, também era o registro de um aniversário de Ayeong.

Ranhee havia gravado. Seonggon acendia as velas do bolo de morango com chantili na frente de Ayeong. Quando todas as quatro estavam acesas, os três começaram a cantar "Parabéns a você". Ayeong assoprou as chamas e olhou satisfeita e orgulhosa para os pais, no que Seonggon passou um tantinho de chantili no nariz dela, fazendo a menina franzir o rosto e abrir um sorriso gracioso. Em seguida, ela tirou o morango de cima do bolo com um garfo e o estendeu para Seonggon.

— Toma, papai.

Ele se esquivou do garfo de Ayeong. O Seonggon daquela época não gostava de morangos.

— Não precisa, filha. Pode comer.

— Prova, papai!

Ayeong, que falava particularmente rápido para a idade, não deu o braço a torcer. Kim Seonggon fingiu comer do garfo com uma exclamação de quem achara delicioso, mas ela continuou segurando o garfo com firmeza na frente da boca de Seonggon. No fim, ele confessou.

— Ayeong, o papai não gosta de morango.

— Prova, é gostoso — repetiu Ayeong.

Só que, independentemente do amor pela filha, Seonggon odiava a textura mole, o gosto ácido e as sementes rugosas do morango. Ele nunca entendera por que morango era uma fruta tão popular. E por que tinha que ser justo bolo de morango? A culpa era de Ranhee.

— O papai não pode comer. Se comer, ele morre — justificou-se Seonggon.

— Não, a mamãe disse que você não tem alergia, só não gosta.

Ranhee deu de ombros; Seonggon, por sua vez, ficou envergonhado. Se aquela discussão se prolongasse, era provável que a noite de festa se tornasse uma noite de lágrimas.

— Você não gosta porque nunca provou. Come um. É meu aniversário!

Com o ultimato de Ayeong, Seonggon fechou os olhos com força e aceitou que a filha colocasse um morango em sua boca. Enquanto mastigava a massa agridoce, as sementes estalavam com um barulho mais alto que o necessário. No entanto...

— Hum, é mais gostoso do que eu pensava! — disse o Seonggon de dentro da tela.

Um sorriso travesso se espalhou no rosto de Ayeong.

— Que incrível, é a primeira vez que eu como um morango gostoso que nem este — emendou Seonggon, pegando mais um morango com o garfo. Era a primeira vez que comia dois morangos seguidos por vontade própria.

— Viu? Eu estava certa! — disse Ayeong devagar, ainda escorregando na pronúncia. — Você só precisa pensar de outra maneira. Agora você sabe que pode comer morango, só não queria.

— É verdade. Só preciso mudar minha forma de pensar, não é?

Seonggon pôs um dedo em cada têmpora, apontando para cima, e os girou no ar enquanto fazia um som de *bip-bip-bip*. Então, feito um robô com defeito, começou a balançar a cabeça de um lado ao outro, girou os olhos e, após virar o rosto para baixo, levantou a cabeça devagar, soltando um longo *biiiip*.

— Pronto, mudei! Agora sou um robô.

Ele caiu na gargalhada, mas o rosto de Ayeong continuou sério.

— Não basta só mudar a forma de pensar, papai! — disse Ayeong, com uma carranca. — Tem que mudar seu jeito também!

Ao terminar de falar, Ayeong estendeu outro morango para ele, que o aceitou como se já estivesse esperando. Um perfeito sorriso inocente surgiu no rosto da garotinha no vídeo, que pegou o celular da mão de Ranhee e apontou a câmera na direção dos pais.

— Mamãe, o que você mais gosta no papai?

Seonggon colocou a mão em formato de concha atrás da orelha, e Ranhee interpretou o gesto como uma deixa para ela responder à pergunta, da qual não conseguiu escapar.

— Em primeiro lugar, seu pai é bonito...

Ao ouvirem a resposta, Seonggon e Ayeong riram ao mesmo tempo.

— Ele também é gentil, tem bom coração e é um cara bacana.

— Uau, o maioral do universo!

— É isso aí, o maioral do universo! — repetiu o jovem Seonggon, com um sorriso amplo no rosto.

Seonggon assistiu àquele vídeo várias vezes. Um dia, tantos anos antes. Se fosse para escolher um só dia de sua vida, teria escolhido aquele. Seria maravilhoso poder viver um dia como aquele de novo e de novo, para sempre. Ele passou um bom tempo estirado no chão; as lágrimas mornas rolando pelo rosto. Será que havia passado por toda a vida só para chegar até aquele estado? Não restara nada além de tristeza.

11

Seonggon foi a um fast food, pediu uma porção de batata frita e se sentou próximo à janela. Ao olhar para o lado, sua silhueta foi refletida no vidro. O rosto inchado, o cabelo desgrenhado, os ombros caídos e a barriga saliente. Um homem sem graça, insignificante e covarde, rejeitado até mesmo pela morte. A pessoa que viria à cabeça de qualquer um que ouvisse a palavra "otário".

No entanto...

Kim Seonggon encarou a própria imagem. Seu estado atual não refletia a pessoa que um dia ele havia sido.

Por isso, era o momento perfeito para uma autoanálise.

Enquanto mergulhava as batatas no ketchup, avistou uma caneta no chão; a dona, uma estudante que estivera sentada na mesa ao lado pouco antes, a derrubara ao se levantar.

Seonggon pegou a caneta e se levantou para entregá-la a um funcionário, mas mudou de ideia e sentou-se outra vez. Em seguida, virou o papel com o menu que cobria a bandeja e começou a listar os aspectos de seu estado atual.

Idade. Posição social. Dívidas. Ele continuou a fazer uma lista objetiva sobre si mesmo; um currículo do próprio fracasso que só ele iria ver. Cada palavra escrita naquele papel doía como se sua pele estivesse sendo marcada a ferro, e, mesmo sem ter escrito muita coisa, ali estava tudo o que ele gostaria de apagar desde já. Na verdade, ele arrancou um pedaço do papel e o amassou com violência. Mas logo dividiu o restante em dois e recomeçou a escrever, numa caligrafia que nunca tinha sido tão elegante. Kim Seonggon terminou no momento em que a estudante, ao notar a ausência da caneta, voltou até a mesa e começou a olhar para ele desconfiada. Envergonhado, ele devolveu a caneta com educação.

Seonggon deu uma boa olhada nas palavras escritas e ficou aliviado por não precisar escrever mais nada. Para ser sincero, nenhum dos itens daquela lista parecia ser fácil de mudar por vontade própria; começando pela idade — impossível de controlar — e pelo desemprego, até chegar ao patrimônio negativo por si só. Eram coisas que não poderiam ser mudadas nem por magia. Ele deixou escapar um suspiro.

* * *

Na verdade, não era a primeira vez que ele tentava mudar ou melhorar as coisas. Kim Seonggon já seguira as regras apresentadas em vídeos motivacionais e livros de autoajuda diversas vezes, e chegara até a aplicar algumas delas, como arrumar a cama assim que acordava ou organizar a mesa de trabalho, tentar fazer um único abdominal ou se forçar a acordar às quatro da manhã para ganhar o mundo. Porém a determinação toda nunca durava muito e ele voltava a ser o Kim Seonggon de sempre.

Depois de ler um artigo numa revista de saúde dizendo para não dobrar a roupa de cama, pois a quantidade de bactérias num cobertor quente e úmido de suor e resíduos corporais de uma noite inteira de sono era enorme, Seonggon passara a usar a informação como pretexto para não arrumar a cama. Um dia, no carro, exausto demais para ir trabalhar depois de ter organizado toda a mesa de trabalho, por acaso pesquisara sobre a "mesa de Einstein" e, pela primeira vez, sentiu-se reconfortado. Fizera exatamente um abdominal e não pensara em fazer mais nenhum depois disso. Tinha se levantado às quatro da manhã por alguns dias, mas se viu caindo de sono e sem um tostão no bolso e voltou a dormir logo antes do amanhecer, o que bagunçou bastante sua rotina. Em outras palavras, aqueles métodos não funcionaram nem um pouco para ele.

Em vez de pensamento positivo ou determinação, ele se concentrava em aspectos mais concretos. O que sempre lhe vinha à cabeça primeiro era o que ele precisava mudar fisicamente. Porém, era o tipo de tentativa que parecia distante até mesmo para Kim Seonggon. Ele ainda tinha mais de cinco carteirinhas da academia que nunca frequentara, e perdia o fôlego só de pensar nas palavras "exercício físico". Por mais que criasse um plano ambicioso sem nenhum motivo, ainda teria mais de cinco carteirinhas da academia que nunca frequentara, e o plano se transformaria numa daquelas resoluções de Ano Novo que não dão em nada.

Uma vez, Seonggon se deparou com um vídeo no YouTube intitulado "Como acalmar a ansiedade em apenas três segundos". O instrutor havia orientado diversas pessoas famosas mundialmente, inclusive o presidente Obama, e a quantidade de visualizações era absurda. O conteúdo era curto e simples; bastava fechar os olhos e inspirar profundamente, soltando o ar devagar logo depois para aliviar a ansiedade no mesmo instante.

Ao sair do restaurante, Kim Seonggon parou na esquina de um prédio e pôs o exercício em prática. Mas só o que entrou por sua cavidade nasal foram pensamentos negativos a respeito da situação atual, pânico e o vento gelado daquele inverno cruel. O fedor das águas escuras do rio que ele sentira no dia anterior se ergueu à frente de seus olhos fechados. Como se para expelir a má sorte, bufou com força e soltou um grunhido antes de mudar de direção. O conselho dos outros não era a peça que faltava no quebra-cabeça de sua vida; ele precisava encontrar o método certo por si mesmo.

12

Kim Seonggon voltou para a quitinete. Queria se mudar do quarto, mas tinha pagado vários meses de aluguel adiantado — seu último sopro de vida quando estava cheio de motivação — e o dono do imóvel estava no exterior, então ele nem conseguia entrar em contato. Também não poderia reaver o depósito de imediato e, como tinha sido praticamente expulso de casa, a verdade é que não tinha nenhum outro lugar para ir. Por enquanto, a única opção era ficar ali.

Seonggon tirou o casaco e abraçou a abelha de pelúcia, fazendo uma pose parecida com a da foto de doze anos antes, o que era impossível, mas ele tentou mesmo assim. Pelo menos depois de lavar o rosto e observar bem, Seonggon sabia que era a mesma pessoa. Com um esforço imenso para ignorar tanto a idade quanto a aparência e até o objeto que estava segurando, endireitou as costas, pensando se assim ficaria um pouco mais parecido com seu eu do passado. O homem da foto era jovem e bem de vida, era boa gente e cheio de amor para dar à família. As costas se endireitavam sem o menor esforço; o símbolo de sua felicidade, juventude e autoconfiança. Por outro lado, as costas retas enquanto imitava aquele homem eram o símbolo de sua luta para sustentar o próprio corpo. De todo modo, Kim Seonggon cerrou os dentes e resistiu por alguns segundos. Foi o suficiente para sentir alguma semelhança entre o Seonggon do presente e seu eu daquela foto.

Então algo de muito estranho aconteceu. Um modesto apetite por desafio inexplicavelmente começou a brotar no fundo de seu peito. Kim Seonggon começou a pensar em uma pequena resolução. Endireitar as costas era primordial. Ele deixaria todo o resto de lado e se concentraria somente naquilo. Aquela resolução boba foi o primeiro passo do que se transformaria numa jornada de mudança radical, apesar de ele ainda não saber em que direção.

13

Por estar numa situação em que precisava ganhar a vida de algum modo, Andreas Kim Seonggon decidiu começar a trabalhar como entregador de restaurante, pois era um serviço fácil de conseguir. Seu amparo foi uma bicicleta velha que ficava escorada no corredor do prédio como se fosse decoração. Seonggon tirou a poeira do metal e suspirou. Queria poder pagar o aluguel de uma motocicleta de 125 cilindradas... Tinha um sonho de passear por aí com uma Harley-Davidson quando fosse bem-sucedido, mas, pelo visto, a probabilidade de isso acontecer era baixíssima. Montado na bicicleta, Seonggon deu uma volta no quarteirão; enquanto conduzia energicamente os pesados pedais enrijecidos e o guidão áspero que afundava sob os dedos, o vento gelado adentrava pelo colarinho da camiseta. Precisava aprender a lidar com aquela sensação e com a temperatura para sobreviver.

O trabalho não era simples. Ficar um tempão esperando por uma notificação, tremendo de frio na bicicleta, e ver outros entregadores interceptando os pedidos enquanto Seonggon decidia o que aceitar e o que recusar fazia parte do trabalho. Ele recebia algumas reclamações por errar o endereço ou demorar para realizar a entrega porque os elevadores ficavam parando em todos os andares. Às vezes também mandavam fotos reclamando que a comida havia chegado toda derramada. Um dia, se sentiu muito humilhado quando um colega contou que fazia aquele trabalho de vez em quando, apenas como passatempo, e que usava sua Mercedes. Tudo isso em apenas duas semanas.

Mas, no geral, deixar uma refeição quentinha na casa das pessoas não era um trabalho tão ruim. Ele quase nunca dava de cara com os clientes nem era reconhecido por eles. Quando escreviam reclamações ou até mesmo pediam reembolso, o máximo de contato era uma conversa pelo aplicativo. Para Seonggon, que uma vez fora agredido por um chefe que arremessara uma pasta de documentos na cabeça dele, o trabalho de entregador não chegava nem aos pés dos altos e baixos que já havia enfrentado.

Ele esperou o semáforo abrir e, quando todos dispararam à frente ao mesmo tempo, Andreas Kim Seonggon ergueu as pernas e pedalou. Seus companheiros de estrada — ou os entregadores rivais — às vezes olhavam com pena para

Seonggon em sua bicicleta velha e às vezes sustentavam um olhar orgulhoso ao compará-la com suas montarias caras, mas Seonggon seguia no próprio ritmo, em silêncio. Se não tinha dinheiro, o jeito era se mexer e avançar, mesmo que devagar.

A área que Kim Seonggon podia percorrer com sua bicicleta velha se limitava ao raio de um quilômetro. Aos poucos, ele foi se familiarizando com as particularidades de cada restaurante e aprendendo com as dicas que recebia dos outros entregadores, que eram tanto seus colegas quanto seus concorrentes, até se acostumar com o trabalho. Em certo momento, já sabia de cor tudo que devia fazer para não derrubar a comida. Até demonstrava certo conforto com o trabalho e cumprimentava os colegas de entrega com um aceno de cabeça.

De vez em quando, fechava a cara ao avistar uma fileira de motocicletas aglomeradas na rua. Todos lutando para colocar comida na mesa, um vívido retrato da realidade. Todo mundo estava ocupado e precisava se alimentar para continuar fazendo suas obrigações. Para viver era necessário comer, e essa necessidade urgente, quando chegava a hora certa, se traduzia em pedidos e ligações. Ávido para atender às solicitações, Kim Seonggon pulava refeições e pedalava para cima e para baixo pelas ruas e vielas sentindo o cheiro da comida de diferentes países do mundo. Em meio às pedaladas, não havia espaço para pensamentos, lembranças e distrações; se havia algo que Seonggon tinha aprendido nesse trabalho, era que o ciclo da vida retornava ao início, apesar das agonias do indivíduo.

Alguns dias eram de muito trabalho e, comparados ao tempo gasto, vários deles eram praticamente inúteis. Ele não conseguia juntar dinheiro somente com isso, mas, de alguma forma, estava conseguindo sobreviver. Fazia os próprios horários e, quando o trabalho acabava, Seonggon esticava o corpo tenso e rígido de frio na cama e dormia. O trabalho braçal adormecia a mente, e era exatamente disso que Seonggon precisava.

Trabalhar atrapalhava seu objetivo de corrigir a postura. Por mais que pensasse em se cuidar, sempre que trombava com um espelho num elevador, via aquele mesmo homem habituado a andar com as costas ligeiramente curvadas. Mesmo que notasse e endireitasse a postura por um momento, quando se dava conta estava na mesma rotina corrida, de novo com as costas curvadas, os ombros caídos e o pescoço apontando para baixo, como se estivesse enterrado entre os próprios braços. Seonggon decidiu pendurar um papel na parede e registrar seus avanços. Se não conseguisse manter a postura durante um dia inteiro, que pelo menos a mantivesse por um determinado tempo. Durante cinco minutos por dia, ele deixaria as costas e os ombros retos, nem que precisasse repetir cinco vezes de um minuto cada. Anotou com que frequência realizava o exercício em forma de gráficos. Às vezes se encontrava coberto de suor ao completar a tarefa. Outras vezes se jogava na cama de tanto cansaço, principalmente quando fazia os cinco minutos de uma vez.

No entanto, Seonggon aumentou o tempo em que permanecia com as costas retas e logo estabeleceu um ritmo constante para os intervalos. Ao segmentá-los numa rotina que fosse fácil de lembrar — assim que acordava, imediatamente após as refeições, logo antes de dormir —, não demorou muito para perceber que estava ajeitando a postura de maneira espontânea.

Assim, no segundo mês desde que começara um novo emprego e seus novos hábitos de vida, boa parte do papel preso à parede já se encontrava repleta de gráficos de barras. Certo dia, enquanto aguardava um pedido no restaurante de fast food onde havia ido comer batatas fritas, Seonggon de repente sentiu vontade de fazer um lembrete para si mesmo, então pegou uma caneta, virou o papel sobre uma bandeja e fez uma anotação diferente da de antes.

Escolher viver por enquanto. Perder duzentos gramas. Tentar deixar as costas retas.

A vergonha que sentia, até mesmo para registrar quanto dinheiro havia ganhado até o momento, era insignificante frente a seu desejo de mudança. Sua caligrafia, cheia de vigor no começo, terminou em pinceladas vagas. Assim que a decepção ameaçou tomar conta, Seonggon mudou a postura num movimento defensivo e endireitou as costas. Então escreveu mais algumas palavras no papel.

Cintura firme, ombros abertos e costas retas.
De volta ao básico!

Kim Seonggon leu as anotações em voz alta. O sentimento de ter sido enganado a vida toda tinha diminuído, pois a ordem daquele momento era olhar para o futuro, não para o passado.

Alguns pensamentos fazem mal se receberem muita atenção. A angústia leva direto ao desespero. Por isso, antes que os pensamentos negativos tomassem conta dele, Seonggon disse para si mesmo: Cintura firme, ombros abertos e costas retas. De volta ao básico!

Essas palavras se tornaram uma prece que fazia Andreas Kim Seonggon se levantar todos os dias. A vida o estava guiando de volta a pessoas das quais ele havia se esquecido.

Parte dois

Armário da alma

14

Quando reencontrou Kim Seonggon, Han Jinseok duvidou que alguém tão estranho fosse o homem que ele havia conhecido um dia. Se bem que, em termos de estranheza, Jinseok também não era lá muito comum, então começou a divagar por esse mesmo motivo.

Naquele dia, Jinseok estava com outros dois entregadores no elevador, além de um office boy. A única razão para tantos entregadores se espremerem juntos num elevador era se estivessem fazendo entregas num prédio grande, o que não era raro. Por isso, o cheiro no interior do lugar era uma mistura apetitosa — na verdade, não, era bem nojenta — de frango, pés de galinha fritos e mocotó de porco; os três entregadores se apertaram para evitar o carrinho de transporte do office boy, cheio de caixas empilhadas.

Na frente de Jinseok estava um entregador um tanto corpulento, concentrado em levantar a máscara que caía a cada dois segundos. Foi assim que Jinseok viu o rosto do homem. Por um momento, Jinseok arregalou os olhos, mas desviou o olhar depressa.

Ele e o entregador saíram do elevador no mesmo andar e seguiram em direções opostas, até que Jinseok deu de cara com ele outra vez, após ter feito sua entrega, de volta em frente ao elevador. Jinseok evitou olhar para o homem e girou o corpo para o lado oposto, no entanto, através do brilho prateado da porta de metal, ele sentiu o olhar do homem sobre si. Então, enfim, escutou uma voz grave e familiar dizer:

— Você não é Jinseok?

Ele deixara escapar o momento certo de dar no pé. Tanto ele quanto o homem, que o encarava, pareciam se arrepender de terem se reconhecido. Pelo jeito, os dois haviam se dado conta daquilo ao mesmo tempo. Jinseok tinha acabado de esbarrar com seu ex-chefe, o dono da pizzaria onde trabalhara um dia; ao que tudo indicava, o homem havia se tornado entregador também.

15

Alguns dias depois, os dois se reencontraram em um Burger King. O ex-chefe tinha pedido o telefone de Jinseok, que considerara o gesto mera cortesia, sem achar que o outro iria mesmo entrar em contato. Contudo, quando o ex-chefe sugeriu que se encontrassem, Jinseok achou que havia muitas coisas que gostaria de ter dito a ele — e que guardara por um longo tempo — e que valia a pena desabafar.

Ao abrir a porta, Jinseok viu seu ex-chefe, que já estava esperando. Quando se aproximou, cumprimentou-o com um movimento exagerado do tronco.

— Já comeu? Quer que eu pague um combo para você? — perguntou o ex-chefe.

— Não precisa. Não sou muito fã de hambúrguer — respondeu Jinseok.

— Que bom... — disse ele, aparentemente sem pensar, porque depois acrescentou: — Quer dizer, eu também não estou com fome.

Jinseok entendeu que seu antigo chefe estava falido. A julgar pelo estado de ânimo e pela aparência, a impressão era de que ele não tinha condições nem de pagar um refrigerante.

Jinseok olhou com bastante atenção para o homem sentado à frente. Três anos antes, aquele homem tinha sido o dono de uma pizzaria na principal avenida do centro da cidade. Jinseok trabalhara lá até pouco antes da falência do lugar.

— É estranho me ver aqui, né? — O ex-chefe lambeu os lábios.

— Um pouco — respondeu Jinseok, em tom baixo. Ele era desajeitado para conversar com as pessoas, mas também não sabia mentir. — Para ser sincero, eu não esperava ver você de novo.

— Eu sei. Na maioria das vezes, trocar números de telefone é mera formalidade. Mas... como posso dizer? Faz tempo que não tenho uma conversa de verdade com alguém, e achei que seria bom encontrar você de novo depois de tanto tempo.

O ex-chefe se alongou naquelas palavras sem sentido. Jinseok deu uma boa olhada nele e suspeitou de que havia segundas intenções na tagarelice vazia.

Que não me peça dinheiro emprestado.

À primeira vista, parecia que os olhos do antigo chefe estavam marejados, mas talvez fosse só uma coincidência. O ser humano produzia mais lágrimas com a idade, então devia ser esse o caso. Será que ele havia se metido em alguma encrenca para fugir das cobranças de dívida? Jinseok considerou inúmeras possibilidades, porém, por mais que refletisse, era jovem demais para compreender aquele homem.

— Por que virou entregador? — perguntou o ex-chefe.

Jinseok achava que fazer perguntas indelicadas fingindo educação e franqueza era bem coisa de gente velha. Seu ex-chefe tinha lançado aquela pergunta como se fosse um entrevistador, o que era mesmo bem a cara dele.

— Porque sim. É fácil e não chama a atenção.

— Também acho — disse o ex-chefe.

Imediatamente, Jinseok começou a falar para que o homem não se alongasse mais:

— Se me dão alguma encomenda, eu só vou lá e entrego. Na realidade, é meio trabalhoso.

— Ah, entendi — murmurou o ex-chefe, e então começou a remexer na mochila.

Retirou um objeto de lá. Era uma fita cassete do segundo álbum da banda Duran Duran, lançado em 1982. Jinseok suou frio ao lembrar-se do dia em que ouviu a música do Duran Duran tocar na pizzaria, e sua vontade de ir embora só aumentou.

Jinseok era fissurado por pop dos anos 1980. Conhecia as músicas e a história de todos os artistas que entraram nas paradas da Billboard na década, além das particularidades de cada membro das bandas, as fofocas, os rumores e as histórias bizarras que os rodeavam. Quando ficava entediado, costumava acessar a Wikipédia e acrescentar as histórias de bastidores que conhecia. No entanto, numa época em que o retrô estava na moda, um hobby aparentemente tão atrativo se tornara um veneno para ele.

Jinseok era considerado um esquisitão. Qual era o problema em gostar de Boy George, Paula Abdul, Debbie Gibson e The Moody Blues, em vez de Queen ou Michael Jackson? Quando alguém mencionava um artista ou música que ele conhecia, mesmo que não tivesse muito o que dizer sobre outras coisas, Jinseok despejava tudo o que sabia sobre o assunto, e as pessoas torciam o nariz para ele. Naturalmente, ele deixou de exibir seu amor de fã com tanto entusiasmo.

Aonde quer que Jinseok fosse, as outras pessoas começavam a formar grupos que o deixavam de fora. Como sempre, ele sofria uma espécie de bullying velado na pizzaria. Era decepcionante que jovens com mais de vinte anos ainda tomassem partido e excluíssem alguém num ambiente que não fosse a escola, mas, se tal pessoa fosse considerada esquisita, não havia o que fazer se as outras decidissem ignorá-la. Não por ser alguém desagradável ou maldoso, mas simplesmente por ser fora do comum. No caso de Jinseok, devido à sua personalidade introvertida e seu comportamento obsessivo, foi inevitável ser taxado de estranho e se retrair ainda mais.

A maioria dos funcionários, já com mais de vinte anos, costumava tratar Kim Seonggon com indiferença. Um cara de meia-idade que gostava de se intrometer na vida dos outros e se achava o maioral; essa era a definição do pessoal para a personalidade dele. Apesar de funcionário e chefe terem posições sociais diferentes, Seonggon e Jinseok, de certo modo, tinham em comum serem vítimas desse tipo de bullying. Era óbvio que um chefe ignorante que nem ele não fazia ideia disso, mas, ironicamente, ele tinha sido o único que tomara o partido de Jinseok na pizzaria.

É óbvio que Jinseok não tinha o menor interesse nele. Se não fosse por um infeliz incidente, Jinseok nem se lembraria mais de Kim Seonggon.

Trabalhando no mesmo horário que ele estava Eunji, por quem Jinseok nutria um amor não correspondido e para quem não tinha a menor intenção de se declarar. Ela passava a maior parte do tempo flertando com outro funcionário de meio período chamado Minki, então nem reparava em Jinseok, que se ocupava arrumando a cozinha, assando as pizzas e preparando as embalagens. Mas Jinseok não ligava. Ele preferia dar conta do trabalho sozinho e guardar aquele sentimento até se tornar insuportável a ter que olhar para Eunji com o rosto corado.

Mesmo quando ela e Minki se esgueiravam pelos corredores para se encontrarem em segredo e trocarem beijos, Jinseok se mantinha em silêncio e fingia que não via as demonstrações de afeto dos dois. Só esconder aquele desejo que nunca se tornaria real já era demais para ele.

O incidente teve início quando Jinseok precisou ir ao banheiro e Minki, que passara a namorar oficialmente Eunji, aproveitou sua ausência para surrupiar uma fita cassete que despontava de dentro de sua mochila. Antes de virar o corredor, Jinseok parou ao ouvir a conversa entre os dois.

— É uma fita cassete das antigas. Olha que massa!

— É a primeira vez que vejo uma dessas! Que gosto peculiar.

Eunji continuou a falar enquanto Minki enfiava uma caneta em um dos buracos da fita cassete e começava a girá-la. As palavras seguintes de Eunji perfuraram o coração de Jinseok.

— Mas tem certeza de que ele não vai ficar bravo? Ele sempre me olha de cara feia, e eu sinto como se tivesse algum bicho rastejando pelo meu rosto.

— Fica tranquila, não vai dar nada, não — disse Minki maliciosamente. — Não está curiosa? Vamos procurar no YouTube!

Foi então que uma música começou a tocar no smartphone de Minki. Era "Rio", a música-título do segundo álbum do Duran Duran.

— Eca! — exclamou Eunji, como se sentisse a pele pinicar, nem dois segundos após o início da introdução da música.

Para Jinseok, foi como se as garras de um tigre retalhassem seu coração. A única palavra proferida por Eunji não era nem uma opinião sobre a música, mas a expressão de sua repulsa por ele e a urgência em demonstrar esse sentimento por qualquer motivo que fosse. Ele sentiu vontade de se esconder em um buraco. Aliás, talvez seu desejo naquele momento fosse morrer.

Naquele exato momento, algo de estranho aconteceu.

— O que tem de errado com Duran Duran? É uma das minhas bandas preferidas... — Uma voz rouca soou e, sem querer, expôs a presença de Jinseok no canto do corredor. — Jinseok, o que você está fazendo parado aí? Parece até que tá bisbilhotando os outros.

Com as mãos sobre a barriga saliente, o chefe deles fez coro à música de Duran Duran tocando no celular de Minki e se aproximou dos dois. O jeito como ele mexia os ombros se assemelhava a um peru batendo as asas, seu sorriso estava mais para uma careta enquanto ele imitava os vocais exagerados, e o movimento dos pés era grotesco, impossível de descrever em palavras. Jinseok assistiu àquela cena como se testemunhasse o fim do mundo, ao mesmo tempo em que sua alma parecia se dissipar até os confins do universo.

No dia seguinte, Eunji e Minki não foram para a pizzaria sem avisar e, um dia depois, pararam de trabalhar no mesmo período. Jinseok achou que tinha sido por causa da parceria acidental entre ele e o chefe, e sentiu que aquilo só poderia ter sido uma espécie de golpe de sorte amargo. Além de ele ter assumido tanto a cozinha quanto o salão de um dia para o outro, toda vez que saía do estabelecimento para tomar um ar, o chefe o pegava de conversa, tentando esconder a fumaça de seu cigarro.

— Fico feliz por ter você aqui. Seu trabalho é ótimo — dizia.

As conversas nunca eram interessantes, mas nem isso Jinseok conseguia odiar, o que talvez se devesse a algo que o chefe lhe dissera uma vez.

— Jinseok, tenha orgulho do que você gosta. É uma qualidade única. Ei, o mundo gira, né? Um dia, suas músicas preferidas vão ser... Como é que se diz? O maior *hit*! Até lá, você não pode desistir. Vai chegar o dia em que as pessoas vão valorizar jovens que nem você, que conhecem tanto de um assunto.

O chefe soltou uma risada bem-humorada. Aquelas palavras não consolaram Jinseok, mas, estranhamente, novos funcionários de meio período foram chegando e saindo, chegando e saindo, e Jinseok sempre voltava a trabalhar sozinho. Ele cuidou da pizzaria com afinco até o dia em que o estabelecimento faliu.

E, depois de tanto tempo, voltava a ver seu chefe, com a antiga fita do Duran Duran em mãos.

16

— Obrigado.

Jinseok inclinou a cabeça em sinal de respeito. Assim que botou os olhos na fita cassete antiga, sentiu um peso nas costas. Sentia-se mal, de certo modo, mas dentro de si havia uma barreira defensiva que bloqueava qualquer compaixão. Ele sabia que não poderia se dar ao luxo de sentir pena de si mesmo nem de ninguém. Além disso, os dois eram entregadores. Para Jinseok, aquele trabalho era só mais um bico passageiro, mas será que não seria o último trabalho da vida de seu ex-chefe? Jinseok achava que não iria querer trabalhar quando envelhecesse. Seria triste e inconveniente.

— Bom, então eu já vou.

— Sabe, essa fita... — disse o ex-chefe, de repente, quando Jinseok ameaçou se levantar — ... Eu não joguei fora porque lembrei de você e, um dia, eu a encontrei do nada, sendo que nem sabia onde tinha guardado.

— Pode jogar fora, tanto faz — respondeu Jinseok, em um tom baixo.

Ele tinha desistido daquele hobby. Seu foco naquele momento era ser aceito pelas outras pessoas.

— E o que anda fazendo ultimamente? Ainda compõe? — perguntou o ex-chefe.

Jinseok tinha uma vaga lembrança de ter contado que estava compondo músicas e que trabalhava meio período para realizar aquele sonho. Havia contado num impulso, num dia em que ficara ouvindo as lamentações do chefe pouco antes do fechamento, debaixo de uma chuva que caía forte sobre o beiral da porta. Por que tinha tocado no assunto? Jinseok não queria que seu sonho fosse lembrado daquela maneira, por isso, o dobrara e guardara no fundo do armário. O ex-chefe devia achar que os dois eram próximos, mas não era o caso. O trabalho na pizzaria não passou de um emprego antigo onde ele ficara por tempo demais.

— Não. Na verdade, nunca compus nada pra valer. Eu só fazia por diversão.

Foi o mais próximo da honestidade que Jinseok chegou durante toda aquela conversa, mas o ex-chefe nem percebeu.

— Ah, entendi — murmurou ele, balançando a cabeça com certa tristeza.

Jinseok o examinou com atenção; havia algo naquele homem que o estava irritando.

— Você está incomodado com alguma coisa? — perguntou Jinseok.

— Como assim?

— Já faz um tempo que você está sentado desse jeito — perguntou ele, sem aguentar mais.

O homem estava rígido, literalmente. Apresentava uma certa falta de coordenação corporal. Diferente do comportamento de um velho abatido, estava com as costas retas e os ombros abertos. Jinseok achou sua postura parecida com a de um soldado em posição de sentido na frente de seu comandante.

— Ah, assim? Só estou tentando ajeitar.

— Ajeitar o quê? — perguntou Jinseok, mesmo sem querer. O homem à frente dele também não queria, mas parecia que iria responder.

— Hum. As costas... A postura...

— Por quê? Está com hérnia de disco?

— Não! É que eu achei que, se endireitasse as costas, minha vida também mudaria.

— Sua vida? — perguntou Jinseok, sem entender a correlação. Queria saber o que endireitar as costas tinha a ver com mudar de vida.

Falar muito não fazia o feitio de Jinseok, nem fazer várias perguntas ou demonstrar curiosidade. No entanto, não tinha como agir de outro modo; precisou perguntar. Será que tinha sido por causa da fita do Duran Duran, que aparecera do nada? O ex-chefe uniu as sobrancelhas como se estivesse espremendo o cérebro em busca de uma resposta, mas logo relaxou a expressão.

— É engraçado, não é? Parando para pensar, é engraçado, sim...

Fez-se silêncio. O silêncio perfeito para dizer "Estou indo embora", se durasse mais três segundos. Porém, no momento em que Jinseok terminou de contar até três, o ex-chefe apoiou os cotovelos sobre a mesa e inclinou o tronco para a frente.

— Ouça, Jinseok.

— O quê?

— Quando trabalhávamos juntos... que tipo de pessoa eu era?

— Como assim?

— Neste momento, eu e você não temos mais nada em comum. Então podemos ser sinceros um com o outro, certo?

Jinseok ficou pensativo. O que deveria responder numa situação como aquela? Deveria ser sincero, mas quantas vezes já se metera em problemas por ter falado o que pensava? A sina de um excluído era não saber lidar com pessoas nem ter tato para falar. E, mais uma vez, ele caíra naquela armadilha tão familiar.

— Posso ser sincero mesmo?

O ex-chefe assentiu.

— Vá em frente. Isto não é uma entrevista; pode falar sem se preocupar.

Jinseok considerou estar num lugar seguro e soltou um longo suspiro.

— Você parecia estar sempre com raiva.

— Sempre com raiva...

— Sim, um velho ranzinza.

— Um... velho... ranzinza?

— Mas essa era a opinião geral dos outros funcionários de meio período.

— Ah... e o que mais? Pode me contar tudo o que os outros diziam. Talvez você tivesse uma opinião diferente.

— Você era bom com as embalagens.

— Mais alguma coisa?

— Tratava mal os funcionários — confessou Jinseok. — Era um lixo...

Seonggon não disse nada, apenas olhou para Jinseok.

— Ah, mas até que nós éramos próximos, não?

Silêncio.

— Desculpe. Eu que pedi para você falar.

Outro silêncio. Ao refletir sobre o rumo que a conversa tomou, Jinseok sentiu que aquele silêncio o faria parecer um babaca se fosse embora.

— Mas por que a pergunta?

— Pensei que isso poderia me ajudar a mudar, de alguma forma.

Jinseok observou a postura esquisita do homem até que os olhos dos dois se cruzaram. O olhar de Jinseok claramente devia estar demonstrando ceticismo, afinal ele acreditava que as pessoas não podiam mudar.

— Está bem, então quer dizer que você desistiu da música. O que vai fazer agora?

Jinseok achou que só poderia ser brincadeira e revirou os olhos. Mas o ex-chefe não se incomodou e, com uma expressão inocente, ficou esperando por uma resposta. Normalmente, Jinseok não ficaria nem um pouco feliz se alguém chegasse perguntando do nada sobre o que ele estava fazendo, mas não teve como escapar. E aquele homem tinha sido a única pessoa a perguntar sobre seus planos futuros nos últimos tempos.

— Estou pensando em trabalhar com YouTube.

— É uma ótima ideia. Alguém que nem você é raro de encontrar, então deveria mesmo ir por esse caminho. Depois me passe o nome do seu canal.

Jinseok queria encerrar aquela conversa constrangedora de uma vez por todas.

— Se pesquisar, você vai encontrar, mas ainda não tem muita coisa.

Um segundo após dizer umas palavras-chave genéricas para pesquisa, Jinseok se levantou e deu o fora dali.

Naquela noite, Jinseok ficou pensando na postura estranhamente rígida e nas palavras do ex-chefe. Endireitar as costas mudaria o quê? Ele suspeitava de que as pessoas endoidavam quando iam à falência e ficou um tanto desapontado de pensar que o ex-chefe estava zombando da cara dele.

Considerando a falta de sentido da conversa, Jinseok não podia falar muita coisa, afinal todos os seus dias eram uma perda de tempo e ele vivia como se tivesse esquecido o momento presente. É claro que, no fundo, Jinseok também não queria permanecer naquela mesma situação. *Tem algo que eu possa fazer?*, Jinseok se perguntou pela primeira vez depois de muito tempo. Era uma pergunta que ele automaticamente evitava responder, pois, sempre que pensava no assunto, o desespero e uma sensação de derrota o invadiam. Ele deu um gole em sua Coca Zero para afastar a ideia. De repente, no momento em que sentiu a ardência das bolhas do refrigerante dentro das bochechas, teve um estalo e se lembrou do nome do antigo chefe. Andreas Kim Seonggon.

Era um cara excêntrico para se apresentar daquele jeito, pensou Jinseok.

Ficou chocado quando viu um comentário do ex-chefe em um de seus vídeos alguns dias depois. Jinseok encontrou um enorme emoji de "joinha" na seção de comentários. Ao final, vinha um comentário privado, com o endereço de um prédio de quitinetes nos arredores e um convite para uma refeição. Apesar de aquilo ter saído do nada, ele não achou má ideia.

Jinseok pegou a fita que havia largado num canto e a colocou dentro de um velho walkman; em seguida, botou os fones nos ouvidos e apertou o botão de reproduzir já enrijecido pelo tempo. Quando sentiu a batida da introdução nos ouvidos, seu sangue também começou a pulsar. Ao cantar junto e acompanhar o ritmo da música com o corpo, Jinseok voltou a ser a pessoa de quem havia se esquecido.

Depois de muito tempo, ele se sentiu vivo outra vez.

17

Quando os dois se reencontraram, estava sendo um dia de infelizes coincidências para Seonggon. Ao aceitar um pedido, viu que o endereço de entrega era um prédio próximo a seu antigo apartamento. Seonggon pedalou pelas ruas como de costume, mas seus pensamentos estavam distantes, como se ele estivesse imerso de novo em um trauma passado. Houve uma súbita rajada de vento, e a alça da máscara que ele usava se soltou sem que ele pudesse fazer nada. Só o que lhe restou naquele momento foi um tempo de entrega apertado e a máscara pendurada por uma alça só.

Dentro do elevador, Seonggon se deparou com um rosto familiar, que reconheceu apesar da máscara que cobria a maior parte daquele rosto. Não era ninguém menos que Jinseok, com suas sobrancelhas grossas e orelhas bem planas, como se passadas a ferro.

Seonggon tinha criado uma afeição especial por Jinseok, afinal ele havia sido o funcionário que passara mais tempo na pizzaria falida. Se o garoto sabia disso ou não, não importava; Seonggon continuava gostando dele e não tinha a intenção de fingir o contrário. Mais uma vez, a boca de Seonggon foi mais rápida que o cérebro e, quando se deu conta, Jinseok já estava com o contato dele salvo e se distanciava em cima da moto ruidosa.

Aos olhos de Seonggon, Jinseok era só um rapaz meio caladão. Bem, ele poderia usar mais adjetivos: também era um garoto reservado, com um hobby incomum e peculiar. No entanto, os colegas de Jinseok, ou seja, os outros funcionários de meio período da pizzaria, logo juntaram tudo numa só palavra para se referir a ele como "esquisitão". Só isso.

"Ele é um bizarro completo, dá até pena", diziam nas conversas que Seonggon ouvia por acaso. A partir do momento em que o definiram como "excluído", tudo a respeito de Jinseok passou a se resumir a tal palavra, que Seonggon rapidamente concluiu que queria dizer "desagradável".

Se ele fosse colocar em termos de cores, Jinseok não estava entre as mais vibrantes. Não havia dúvidas de que tendia mais para o cinza. Um cinza diverso e intrigante, fosse num tom escuro, claro, misturado com o bege para formar uma cor parda, ou às vezes até em riscas luminosas, tal qual uma peça de mármore. Frente àquela profundidade toda, que só poderia ser vista quando observada mais de perto, a palavra "excluído" soava opressora e zombeteira, como se não valesse à pena conhecer Jinseok a fundo. Como se o transformasse numa peça de concreto disforme sem significado algum.

Seonggon não mudaria de opinião, mesmo que o sentenciassem a ser chamado de "velho ranzinza". Havia sido por isso que, naquele dia, depois de sua dancinha de ombros animada demais, Seonggon esculachou Eunji e Minki.

— Vocês rotulam os outros sem se darem nem a oportunidade de conhecê-los, julgam e usam gírias estranhas para destilar sua aversão. Vivem criticando a atitude dos outros, mas não conseguem enxergar a própria atitude de merda.

Seonggon os censurou com autoridade. Era óbvio que não se lembravam de que havia sido a geração deles que começara a criar expressões, variações da linguagem cotidiana e abreviações para usar exclusivamente na internet, dando vida a uma cultura tão dinâmica como excludente em relação àqueles que não estavam familiarizados com a tecnologia e com o novo vocabulário. Ele observou os rostos de Eunji, Minki e Jinseok empalidecerem ou enrubescerem por diferentes motivos.

É por isso que Seonggon pegara a fita de Duran Duran emprestada com Jinseok. Uma personalidade introvertida e um hobby obsessivo não eram motivo para insultar alguém e, numa situação daquela, ele achou que faria sentido usar sua autoridade de chefe. Por isso, sua última frase naquele dia fora a seguinte:

— Falando nisso, Jinseok, você me empresta essa fita?

Boas intenções não necessariamente garantiam um bom resultado. A partir do dia seguinte, Seonggon não viu mais

Eunji nem Minki, e logo o negócio entrou em colapso. Ele nem conseguiu pensar em devolver a fita a Jinseok, de tão ocupado que ficara com os cuidados e a organização da pizzaria. Então, anos depois — quando o fundo do poço onde Seonggon estava ficou ainda mais fundo —, no dia em que ele se rendeu ao desespero e destruiu as caixas, numa delas, com a pontinha de fora, estava a fita do Duran Duran. Foi como se escutasse Jinseok lhe dizer "Ei, você se esqueceu de mim? Existem outros que nem eu", e, depois da incrível coincidência de reencontrá-lo no elevador depois de tanto tempo, Seonggon prometeu que devolveria a fita.

Contudo, ao se encontrar com Jinseok no Burger King, Seonggon foi tomado por uma dúvida. Mais precisamente, era uma mistura de dúvida com remorso. Talvez fosse demais esperar que o rapaz ficasse contente ou demonstrasse gratidão, mas a frieza em sua expressão e nas palavras dirigidas a Seonggon abriram um buraco em seu coração já fragilizado.

Será que fui um chefe tão ruim assim?, perguntou-se Seonggon, com amargura, assim que Jinseok se virou para ir embora.

Nenhum velho ranzinza admitiria que era mesmo um velho ranzinza, mas ele se sentiu injustiçado. Seonggon achou que devolver um objeto tão valioso para Jinseok, mesmo após tantos anos, seria uma atitude honesta. Por acaso, seria coisa de velho ranzinza esperar que o garoto expressasse alguma emoção ou pelo menos uma mísera exclamação de "Nossa!"? Aquela geração era difícil mesmo!

Fora a decepção desnecessária, ele também sentiu remorso. O rapaz exalava o sentimento de derrota dos desesperados. Havia sido um garoto esquisito, mas tinha algo que era só dele. Por que ficara decepcionado quando Jinseok falou sobre música, que um dia havia sido seu sonho, como se não passasse de lixo?

Ainda assim, Seonggon não deixou de notar o brilho momentâneo nos olhos de Jinseok ao rever a fita do Duran Duran. Foi por causa disso que, apesar da decepção, ele se lembrou de acessar o canal de Jinseok no YouTube.

Ainda não havia muito conteúdo no canal, apenas vídeos raros de algumas bandas e histórias de bastidores pouco conhecidas pelo público. Mesmo assim, Seonggon conseguiu captar a personalidade única de Jinseok naquele canal.

— Não sobrou uma fagulha de vida nesse moleque... Não, acho que ele não está totalmente apagado. Acho que só não foi aceso ainda — murmurou Seonggon, deixando um enorme emoji de joinha nos comentários.

Jinseok era como um fósforo apagado; um garoto sem a faísca necessária para emitir uma luz radiante.

Ah, tá. Nenhum de nós tem essa faísca e, por causa disso, nossa vida é como é, simples assim, pensou Seonggon e deu um basta no assunto.

Por isso, foi uma grande surpresa quando Jinseok o procurou um tempo depois.

18

— Até que é espaçoso.

— É o suficiente para mim.

— Estou interrompendo algo?

— Não, não. Eu também acabei o trabalho mais cedo e vim descansar. Está com fome? Quer que eu peça o quê? Jjajangmyeon?

— Não precisa. Eu só estava pela região e pensei em dar uma passada.

— Ei, não vá achar que eu não posso pedir uma tigela de jjajangmyeon para você, hein?

— Eu comi antes de vir. Pela sua expressão, você deve estar um pouco surpreso, chefe.

— É só que você está vestindo suas roupas de trabalho. Achei que fosse entrega da refeição que eu nem pedi.

— Você me devolveu a fita e me convidou para vir aqui. Achei que seria educado da minha parte aceitar o convite... Então, você mora aqui sozinho?

— Por enquanto, sim. Estou numa situação complicada, lidando com coisas que eu não consigo lidar.

— Isso é bom. O que eu não faria se tivesse um espaço que nem este... estou morando com minha irmã, então não posso fazer nada particular. Tem um monte de caixas aqui. São... máscaras?

— Ei, para que mexer nisso?

— O que são essas marcas no espelho? Você tira bastante foto de si mesmo, hein, chefe... mas por que todas são de perfil?

— Ah, é só que eu estou tentando endireitar minha postura.

— Hum, você comentou da última vez...

— Engraçado, não é? Foi só uma ideia que eu tive. Fico pensando se a vida pode mudar mesmo com aquilo que parece pequeno e sem sentido.

— E o primeiro passo é endireitar a postura?

— Se é o primeiro ou o último, não sei dizer. Só é o que estou tentando fazer agora.

— Está certo, tem que tentar. E depois?

— Sabe de uma coisa, Jinseok? Sempre tive um objetivo para tudo o que eu fazia. Só que esses objetivos não eram genuínos. Eu só fazia A para conseguir B, depois fazia B para conseguir C. Era desse jeito. Mas eu sentia que era tudo em vão, sabe? Porque quando a gente fracassa no objetivo final, tudo de A até Z que veio no meio perde o sentido. Então agora eu preferi não ter um grande objetivo. Minhas atitudes vão deixar de ter um objetivo; a própria atitude vai ser o objetivo.

— Está dizendo que não pensa no futuro?

— Talvez algum dia eu pense outra vez, mas, neste momento, não. Como você mesmo disse, não penso no futuro agora. Já pensei o suficiente ao longo da vida. Entendi que, se a gente estabelece objetivos muito ambiciosos ou longínquos, acaba sacrificando o presente pelo futuro. Por isso quero corrigir minha postura, não para alcançar um objetivo superior. O que vem depois? Não faço ideia. Só quero tentar chegar ao fim de alguma coisa.

Jinseok ficou em silêncio.

— Desculpe. Não chamei você aqui para ficar reclamando.

— Não tem problema, eu apoio você.

— Eu agradeço. Falando nas fotos... não sei se eu consigo tirá-las sozinho. Toda vez que coloco o temporizador automático na parede, a imagem sai tremida. Seria ótimo se alguém as tirasse para mim.

— Que tal se eu vier de vez em quando para fazer isso?

— Você?

— É, uma vez por semana... não vai ser nenhum incômodo, e você disse que precisa de um ângulo prático, né?

— É.

— Não quero pressionar, então não precisa me oferecer nada para comer. Eu gosto de fazer as coisas sem um propósito.

— É mesmo?

— Além disso, também preciso agradecer, chefe.

— Pelo quê?

— Foi logo antes de a pizzaria fechar, no dia em que eu pedi minhas contas. Você me entregou tudo que tinha na sua carteira, até as moedas, e me deu um bônus para eu comprar uma boa refeição. Desculpe por isso, inclusive.

— Você ainda tem muito o que aprender. Para que pedir desculpas por ganhar dinheiro?

— Eu era assim naquela época, depois percebi que é porque eu era jovem demais. Quer dizer, meu jeito de falar.

— Você ainda é jovem. Inexperiente. Mal saiu das fraldas.

— Naquela época, você também fazia doações de pouco em pouco. Deixava um cofrinho na frente do caixa e mandava o dinheiro para instituições de serviço social. Também doava parte das vendas para que estudantes quitassem empréstimos estudantis.

— Ah, é? Nossa, é verdade. Parece que foi tudo um sonho...

— Pode parecer uma coisa boba, mas é disso que me lembro... Hum, enfim, se não tiver problema, eu venho de vez em quando tirar uma foto sua, chefe. E ver se está tudo bem. Você tem bastante espaço aqui, e essas caixas... não fica parecendo uma mesa se colocá-las assim?

— Pode ser...

— Tenho uma boa impressão deste lugar. Seria ótimo poder vir aqui de vez em quando só para dar uma relaxada e planejar uma coisa ou outra.

— Então fique à vontade.

— Eu posso?

— Claro. Tem espaço sobrando, até. Mas, antes, vamos estabelecer algumas regras. Na minha experiência, quanto mais próximas a pessoas ficam, mais complicadas as coisas se tornam. Quando as pessoas se juntam, sempre criam problemas e os limites desaparecem. Mas, se a gente combinar as coisas de antemão, vai ficar tudo bem.

— Está bem.

— Não vou cobrar nada. Alimentação é à parte. Você só pode ficar aqui pelo tempo combinado. Se por acaso eu pedir para você ir embora, você vai.

— Estou dentro. Mas, para dizer a verdade, é um pouco estranho você ter aceitado.

— Acho que é melhor estar acompanhado de vez em quando do que sozinho sempre.

— Ei, a gente pode usar isso para dividir o espaço!

— Epa, mas já começou a se sentir em casa?

— Já que estou aqui, vamos planejar a questão das fotos.

— Você sempre foi falador assim? A frieza é seletiva, é?

— Acho que sim. A gente vai se dar bem.

— Ei, pare de mexer nisso. Olha só para você, já achando que é tudo seu.

— Faz tempo que eu não vejo você sorrir, sabia, chefe? Gostei de ver.

— Eu estou sorrindo?

— Está.

— E você está rindo do quê?

— Eu estou rindo?

— Está, e eu também gostei de ver.

No início, Jinseok se sentiu constrangido e disse que daria uma passada na quitinete só de vez em quando, mas conforme ia com mais frequência, o lugar acabou se tornando seu refúgio. Além disso, ele separava um tempo para tirar fotos da postura de Seonggon de perfil todos os dias e pendurá-las na parede.

Havia chegado a pensar que aquilo seria o maior tédio, mas, no ato de observar e registrar, percebeu que até mesmo os pequenos objetivos de Seonggon iam adquirindo mais solidez. Por sua vez, Jinseok tinha um cantinho, com notebook e fones de ouvido, e ali era como se o tempo não passasse.

— Eu também vou começar alguma coisa. Sabe, chefe, no começo, achei engraçada essa coisa de endireitar a postura. Mas agora que comecei a tirar suas fotos todos os dias, estou achando incrível que você tenha definido esse pequeno objetivo... Estou trabalhando no meu próprio conteúdo também, mas ainda não posso te contar. Quando me organizar melhor, eu falo.

Mesmo quando Seonggon pediu que Jinseok não o chamasse de "chefe", o rapaz continuou o chamando daquela forma por falta de um título mais apropriado. O motivo era que a diferença de idade entre os dois era grande demais para chamá-lo de *hyung* — a forma mais informal de um homem chamar outro homem mais velho —, tampouco poderia chamá-lo de *seonbae* — o equivalente a "mentor" —, já que a relação de mentoria não estava muito clara.

Acontece que o muro construído por Jinseok quando tratava Seonggon como um verdadeiro chefe na pizzaria já caíra havia muito tempo. Seonggon tinha descoberto um outro lado de Jinseok, e o garoto que ele julgara ser tímido se transformava num tagarela quando estava junto de alguém na mesma *vibe* que ele. O rapaz só nunca tivera a oportunidade de mostrar esse lado. Jinseok era cheio de encantos próprios.

As fotos da postura de Seonggon que Jinseok havia tirado cobriam as paredes da quitinete. Num primeiro olhar, todas pareciam iguais, mas havia uma diferença nítida em comparação com a primeira. O quadril torto estava endireitando, e a barriga parecia estar ligeiramente menos projetada. E os ombros, que eram curvados para a frente, aos poucos iam se ajeitando numa posição reta e natural.

A vida era mais descomplicada com um único objetivo. Propositalmente, Seonggon se esforçava ainda mais na bicicleta para fazer as entregas, comia depressa e tentava não manter a mente muito ocupada. A vida que levava se reduzia ao propósito de ter um corpo mais ou menos saudável. Como a única coisa que precisava fazer era manter-se vivo, não tinha motivos para ficar com vergonha de que os outros o desprezassem por seus fracassos. Depois de um tempo vivendo daquela forma, ele percebeu que viver a vida por si só não era tão ruim assim.

Com o fim do inverno se aproximando e o aroma da primavera no ar, Kim Seonggon sobrepôs as fotos antigas com as tiradas mais recentemente contra a luz do sol. As silhuetas dos dois homens, que antes mostravam uma diferença gritante, estavam mais similares, o que foi confirmado pelo sorriso satisfeito que Andreas Kim Seonggon exibiu depois de muito tempo.

19

O lugar onde Seonggon fazia entregas era o bairro em que morava antes e onde, entre áreas residenciais e uma pequena área comercial, se concentravam lojas e centros acadêmicos. Um dia, por acaso, Seonggon fez uma entrega no prédio onde Ayeong tinha frequentado o jardim de infância e ficou emotivo. Pensou em Ayeong bebê, engatinhando. Naquele prédio também havia um grande instituto de ensino de inglês, e quando Seonggon chegou lá, coincidentemente, estava ocorrendo uma entrevista para contratar um motorista. O saguão estava cheio de velhos. Seonggon deu uma espiada neles; todos pareciam cansados. Deviam ter entre cinquenta e sessenta anos e, em termos de cores, eram todos em tons de marrom. Era impossível esperar viço e frescor de homens daquela idade.

Mas um dos homens chamou a atenção de Seonggon. Em termos de cores, ele também era do mesmo tom; na verdade, vestia uma jaqueta marrom, chapéu marrom e sapatos de um marrom-acinzentado. Com um corpo magro e franzino, a passagem do tempo era mais visível em seu rosto. Só que, em vez de bocejar, ficar de olhos fechados ou mexer no celular, como todos os outros, ele encarava imóvel os vasos de planta. Ninguém o observava, então o homem não estava fingindo. Sem saber o motivo de prestar atenção naquele homem, Seonggon entregou ao professor do instituto cinco porções de macarrão de arroz embaladas num plástico espesso e se virou. De repente, através da porta de vidro, viu aquele mesmo homem entrar na sala de entrevistas com uma expressão vivaz no rosto. Um instante foi suficiente para perceber um ar íntegro na atitude dele. De onde surgira aquilo? Seonggon logo tratou de expulsar a dúvida de sua mente. Era o jeito natural de ser daquele homem? Ou era só um comportamento social exibido em entrevistas valendo dinheiro e sustento? Seonggon deixou esses pensamentos de lado e entrou no elevador.

Viu o homem outra vez pouco depois, enquanto pedalava, e precisou parar no semáforo. Talvez ele tivesse passado na entrevista e começado a trabalhar no instituto. O homem ia colocando as crianças, que disparavam para fora do prédio, dentro do ônibus com a maior gentileza, cumprimentando uma a uma com um olhar cheio de afeto.

Aquele homem emanava uma energia contagiante e inexplicável. Talvez fosse apenas um entusiasmo de iniciante. Seonggon pensou que aquela vivacidade e naturalidade eram frutos da alegria de finalmente ter arranjado um emprego depois de muito tempo. Ficou amuado sem motivo e começou a pedalar com mais vigor do que nunca.

Seonggon via o homem sempre que passava em frente ao instituto. Ele acompanhava as crianças com um sorriso pacato no rosto, e sua expressão permanecia quase inalterada, mesmo enquanto dirigia. No tempo livre, o homem ficava admirando os novos botões de flores nas árvores, prestes a desabrochar, e as folhas verdes que nasciam. Um dia, Seonggon fez contato visual com ele enquanto esperava no semáforo. Por alguma razão, o homem abaixou a cabeça e cumprimentou Seonggon com o olhar. Envergonhado, Seonggon inconscientemente desviou os olhos, como que respondendo ao cumprimento, e saiu em disparada.

Alguns dias depois, no início da noite, enquanto caminhava pelo bairro após comprar uma porção de mandu, Seonggon viu o homem acompanhando as crianças. O trânsito estava particularmente intenso naquele dia, cheio de carros buzinando. As crianças pareciam cansadas e não conseguiam manter-se em fila. Enquanto isso, motocicletas cortavam por entre os carros no engarrafamento. Havia muitos fatores que poderiam colocar uma criança em risco num momento de descuido, mas, mesmo naquela situação crítica, a postura do homem permanecia serena. Ele manteve a calma e acompanhou as crianças rapidamente. Como se tivesse dois pares de olhos, manteve as que tinham saído da fila em segurança ao mesmo tempo em que lançava um olhar gélido aos motoqueiros que cortavam a rua, tal qual um chefe exigente dizendo "Vou me lembrar disso". Seonggon ficou desapontado; esperava que o homem demonstrasse cansaço e irritação, sentimentos que qualquer um exibiria naquela situação.

Na realidade, era Kim Seonggon que estava exausto. Não realizou muitas entregas naquele dia, em comparação com o tempo em que ficara esperando com fome as solicitações chegarem, e a porção de mandu que seria seu jantar estava úmida. Seonggon sentiu desgosto só de pensar que o sabor iria ser muito diferente do esperado quando chegasse em casa. Depois de passar o dia entregando refeições para os outros, aquela parecia ser uma metáfora cruel daquilo que chegava a seu estômago. Por isso, a irritação era visível em seu rosto.

— Ei, senhor Park, deixe que eu faço isso. Pode comer!

Um colega de trabalho chamou o homem, que respondeu num tom de voz baixo para que o outro comesse primeiro e voltou a cuidar das crianças. Faminto, Kim Seonggon parou na frente do homem, que mantinha um sorriso no rosto enquanto acompanhava as crianças. Ele ajeitava as vestes delas num movimento rápido e as guiava para dentro do ônibus uma a uma. Pelo visto, já tinha caído no gosto dos pequenos, até mesmo dos garotos recém-chegados à puberdade, que o cumprimentavam com educação, ao que o homem respondia com um sorriso amplo. A impressão era de que a presença das crianças o nutria. Ele tinha um sorriso firme que não desapareceria facilmente sob nenhuma circunstância. Na opinião de Seonggon, tratava-se de um dom inato às pessoas que, por natureza, tinham uma personalidade cálida e gentil.

Ao longo da vida, Kim Seonggon conhecera apenas duas pessoas assim. Uma era um jovem recém-nomeado padre na época da infância de Seonggon, e a outra era o dono de uma barraca de comida que ele sempre frequentava durante o ensino fundamental. Não importava quais dificuldades a vida trouxesse, os dois as encaravam com um sorriso no rosto. Mas aquela bondade toda cobrou seu preço. O jovem padre, sempre amigável, teve que sair da paróquia principal por não ter suportado o escândalo de um relacionamento inapropriado com uma das fiéis. Já o dono da barraca de comida, que vivia se lesionando e sendo maltratado pelos clientes, e mesmo assim nunca deixava de ser gentil, cobriu as dívidas de um amigo de confiança e acabou tendo que fechar o negócio, além de ter sido internado por estresse.

Andreas Kim Seonggon era da seguinte opinião: pessoas boazinhas demais acabavam sempre levando na cara e, se caíssem, eram eliminadas para sempre. Com aquilo em mente, Seonggon deu mais uma olhada no homem. Será que o mesmo aconteceria com ele? Depois de uma vida inteira, seria possível se tornar motorista de ônibus escolar sem ter nenhuma ambição egoísta? Não importava o que Seonggon pensasse, a expressão do homem continuava acolhedora.

De repente, Seonggon sentiu vontade de imitar aquele sorriso. De relaxar os olhos e naturalmente levantar os cantos da boca. Assim que colocou a ideia em ação, seu olhar cruzou com o de uma criança que acabava de sair do prédio. A criança parou de súbito, como se tivesse levado um choque, se aproximou como se quisesse evitar alguma substância tóxica e, então, saiu correndo. Kim Seonggon tirou o sorriso do rosto num instante. Ficou envergonhado e se sentindo um lixo.

Por todo o caminho de volta à quitinete, Seonggon não suportou pensar em como sua expressão deveria ter sido horrível para ter deixado aquela criança tão mortificada. Quando chegou em casa à noite e se olhou no espelho, ofegou e sorriu. Estava surpreso.

Aquilo era um sorriso, mas era esquisito. Não se estendia para os lados, apontava para baixo. Se, no sentido mais estrito, sorrir implicava em curvar a boca um pouco, esticando os lábios na horizontal, o que Seonggon fazia era mover os músculos da face na vertical, especificamente para baixo. Até as linhas de expressão próximas à boca apontavam para baixo, mais parecidas com o número "11".

— Tenho um sistema binário na cara — murmurou Kim Seonggon.

Se fosse para representar aquele rosto através de símbolos e numerais, bastava delinear mais alguns ovais dentro de um círculo, acrescentar o número "11" entre os olhos e o número

"1" de cada lado da boca. Pensou que ver um sorriso superficial em um rosto como aquele realmente seria assustador.

— O que está fazendo? — perguntou Jinseok ao se aproximar, fazendo Seonggon recuar com o susto.

— Como está minha aparência?

— Hum... — Jinseok foi até Seonggon e fitou o espelho. — Está sorrindo... né?

— Sim, como dá para ver.

Jinseok alisou o queixo e inclinou a cabeça para o lado, como se estivesse refletindo seriamente.

— Diz logo o que acha.

— Posso ser sincero?

— Lógico!

— Parece forçado, e muito.

Seonggon relaxou a expressão no rosto.

— É tudo tão difícil.

— Não sei o que você está querendo fazer agora, mas, se posso fazer um comentário... Nossas expressões faciais não vêm das emoções? — acrescentou Jinseok.

Seonggon estava rabugento.

— Emoções?

— Acho que expressões faciais estão num outro nível, se comparadas a mudar a postura. Dá para mudar a postura ajeitando o corpo, mas só nos expressamos direito com sentimentos genuínos.

20

Seonggon iniciou o desafio de rir até chorar naquela noite. Abriu a câmera frontal do celular e experimentou vários tipos de risadas e sorrisos do próprio jeito: sorriso normal, sorriso zombeteiro, risada sarcástica, sorriso largo, sorriso acolhedor, risada emocionada... recordou-se de situações apropriadas para cada expressão e apertou o obturador sem parar. Queria analisar as expressões para depois aprimorá-las.

No entanto, não conseguiu segurar um riso genuíno ao examinar as fotos, ansioso. Sua expressão era a mesma em muitas das fotos, e ele se sentiu um péssimo ator. Se a vida fosse um teatro, estava claro que sorrisos e expressões faciais teriam um papel crucial no fracasso de bilheteria do personagem Kim Seonggon.

— Você não tem fotos antigas? — Jinseok se intrometeu do nada mais uma vez. — Lembra a foto pendurada na pizzaria?

A da cerimônia de abertura... Sua expressão estava ótima naquela foto.

Depois disso, Seonggon passou um longo tempo procurando a tal foto na nuvem. Tinha sido tirada na frente da guirlanda de flores vertical que o felicitava pela inauguração da pizzaria. Apesar de ele já ter fracassado várias vezes antes daquele momento, sua vitalidade e autoconfiança estavam nítidas na foto.

Seonggon se deparou com um vídeo enquanto revirava o passado outra vez à procura de mais pistas. Mostrava uma festa de confraternização de fim de ano pouco depois da inauguração da pizzaria; uma alegria contagiante rodeava as pessoas, com a decoração e canções de Natal como plano de fundo. Seonggon discursava sob o título de gerente da filial. Não havia nada de especial em seu discurso, além de "Força, time!", "Feliz Natal" e "Feliz Ano Novo", mas seu rosto exibia um sorriso natural. Até no modo de cumprimentar os colegas havia uma alegria natural e descontraída, que não seguia protocolo algum.

Em total desalento, Kim Seonggon fechou o vídeo. Fazia sentido que ele não conseguisse mais exibir aquela expressão. Era impossível que um semblante proporcionado apenas pela convicção, esperança e plenitude pudesse aparecer em seu rosto naquele momento da vida. Só o que harmonizava com o Seonggon do presente eram as rugas verticais no meio da testa. E estas eram, é claro, profundas demais para que ele as relaxasse com facilidade por um momento. Eram a medalha ideal para ele, dadas sua idade e situação.

O rosto de Seonggon, repentinamente desiludido, foi ficando sério, severo e melancólico. Ao se olhar no espelho naquela situação, sem perceber, ele acabou rindo outra vez. Nem em meio ao desânimo seu rosto conseguia ser expressivo. Se juntasse todas as fotos tiradas pouco antes, não veria diferença alguma; ele continuaria parecendo um urso tristonho. No passado, as feições em seu rosto demonstravam exatamente seu estado de espírito: quando estava melancólico, sua expressão era melancólica; quando estava decepcionado, sua expressão de desapontamento. Mas, depois de tanto tempo, Seonggon sentia que suas expressões haviam se homogeneizado, estivesse ele feliz ou triste, caísse chuva ou neve.

— Isso não deveria ser tão difícil, certo? — murmurou Seonggon, uma frase que havia se tornado recorrente em sua vida. No entanto, quando se lembrou do motorista do ônibus escolar, com quem nunca trocara uma única palavra, um sentimento intenso de desafio se apossou dele. Seonggon sentiu um espírito competitivo arder dentro de si; não queria mais ter apenas uma expressão facial para todas as suas emoções. Ele abriu um sorriso desajeitado para si mesmo no espelho, determinado a ganhar aquele jogo.

Foi então que escutou um som de *clique*. Ao erguer a cabeça, viu Jinseok segurando um bastão de selfie, com a câmera virada na direção de Seonggon.

— Ah, esse aí é o chefe da nossa pizzaria. Ou melhor, o ex-chefe do meu antigo emprego — falou Jinseok, numa voz alegre.

— Ei, o que você está fazendo?

Quando Seonggon cruzou os braços e escondeu o rosto feito um criminoso, Jinseok abaixou o celular.

— Não estou transmitindo ao vivo, pode ficar tranquilo. Vou gravar e só vou postar com sua permissão, se estiver tudo bem.

— Para quê?

— Comecei a usar o YouTube direito. E estou querendo chamar um convidado de vez em quando.

— E seu convidado sou eu?

Jinseok soltou um riso bobo.

— Já que o tema do canal é pop dos anos 1980, achei que ficaria mais autêntico se alguém que se lembra dessa época falasse.

— Mas por que você quer autenticidade?

— Bem, para ser mais exato, estou querendo ganhar dinheiro.

Jinseok falou como se aquilo fosse a coisa mais importante do mundo. Seonggon balançou a cabeça.

— Não pense só no dinheiro no começo. Você também precisa dar um significado ao que está fazendo.

— Eu adoraria que significasse alguma coisa, mas, sabe... dá para fazer isso depois de ter certeza de estar ganhando dinheiro.

Seonggon olhou sério para Jinseok.

— Eu pensava assim. Mas as pessoas que têm sucesso, e estou falando de um sucesso duradouro e não passageiro, são aquelas que dão um significado ao que fazem. São aquelas que pensaram desde o início no que de fato estavam fazendo. Se não houver nenhum significado, pode ser que funcione bem no início, mas vai acabar sendo um fracasso. Não se esqueça de que a sorte não dura para sempre. Assim como não dá para só se alimentar de doces, porque isso faz mal ao corpo.

Ao terminar de falar, Seonggon sentiu um gosto amargo na ponta da língua. Era mais fácil dar conselhos do que praticá-los. É como observar o mundo a uma certa distância.

— Então qual é o significado dos seus objetivos, chefe? — perguntou Jinseok.

— Nenhum. As coisas que eu faço são importantes para mim porque não têm sentido.

— Você não acha que sua mudança poderia inspirar outras pessoas? E se você falasse sobre isso no meu canal às vezes?

— Os vídeos do YouTube precisam ter intenções puras. Além disso, não quero que os comentários me afetem — disse Seonggon, lembrando-se dos comentários e avaliações horríveis que as pessoas deixavam no aplicativo na época em que ele administrava a pizzaria.

Mesmo assim, ficou pensativo. Sua violinista favorita, Hilary Hahn, tinha postado seu processo de treinamento todos os dias durante cem dias, não tinha? Olhando por esse lado, Seonggon pensava que sua ídola estava se esforçando bastante. Com certeza, o fato de ter uma audiência, ou seja, pessoas atentas ao progresso dela, reforçava sua decisão e alimentava a força de vontade. Mas, para ele, bastava Jinseok.

No mundo das redes sociais, os olhares e comentários dos outros podiam tanto ser um estímulo positivo como negativo. Seonggon sabia que, em algum momento, tudo isso acabava se tornando uma entidade sem lógica que controlava o criador de conteúdo. Ele não queria se expor aos olhares e à avaliação dos outros.

— Que pena... Hoje em dia, só aqueles que mendigam atenção sobrevivem — comentou Jinseok, pensativo.

— Ei, não sei o que você está pensando, mas peço que não fale assim na minha frente, eu não gosto. Aliás, também não gosto de "ódio" nem de palavras que se referem de modo pejorativo a um grupo de pessoas com certas características. Não estou falando isso porque sou mais velho. Se tivéssemos a mesma idade, eu diria a mesma coisa. Não gosto do uso exagerado da palavra "ódio" nem de pessoas que fingem humildade ao se descreverem como "parasitas" ou afirmarem que "mendigam atenção". É uma coisa vulgar e desonesta.

Jinseok assentiu de modo um tanto ambíguo, como se estivesse arrependido.

— Não usei essa expressão porque gosto dela. É só o jeito como as pessoas falam, uma expressão que me pareceu conveniente no contexto. Mas entendo o que você quer dizer. — Jinseok refletiu por um instante. — Enfim, me avise se quiser gravar. Acho que você tem uma personalidade bem cativante, chefe.

21

— Você está bonitão, hein! A idade fez bem!

Foi o que Seonggon ouviu certa manhã, enquanto arrastava o corpo cansado para uma entrega, como sempre. Era a voz do segurança do prédio. Às vezes Seonggon o cumprimentava com um aceno de cabeça.

O homem nem esperou e já estava subindo as escadas antes de terminar de falar, então talvez não tivesse grandes pretensões ao dizer aquilo. Seonggon passou um bom tempo imóvel. Involuntariamente, começou a rir e sentiu uma alegria agradável no fundo do coração; uma alegria confiante e autêntica. Não era como a euforia que sentia quando o valor de suas ações subia, mas a felicidade que uma criança sentiria no corpo e mente ao ganhar um pacote de balas. A sensação botou um sorriso no rosto de Seonggon durante toda a manhã.

Porém, à tarde, a sensação sumiu como o ar que escapa ao se estourar uma bexiga. Seonggon contou o que acontecera a Jinseok.

— Isso é normal. O segurança do prédio não é tão importante assim para você, chefe — respondeu Jinseok, com simplicidade.

— Mas, então...

— Se o elogio tivesse vindo de algum familiar, teria sido diferente. Por que será que é tão mais difícil nos expressarmos com alguém próximo de nós e o elogiarmos? Queria que alguém escrevesse um artigo sobre isso...

Seonggon preferiu ficar em silêncio; já deviam existir inúmeras teses sobre o assunto, só não faria a menor diferença. Talvez magoar as pessoas mais próximas fosse uma característica universal do ser humano. Em qualquer parte do mundo. Era similar à razão pela qual as pessoas pareciam estar muito bem por fora, mas sofriam por dentro. Aqueles que mais precisavam de cuidado e acalento não eram tratados dessa forma. Era devastador, preocupante e um insulto. Nesse sentido, Seonggon tinha culpa no cartório.

Naquele momento, o rosto de uma pessoa lhe veio à mente. Ele sentia mesmo muita falta daquela pessoa...

22

Ranhee cumprimentava os clientes no caixa, muito satisfeita com o emprego de atendente do setor alimentício de uma loja de departamento. O lugar fora reformado havia pouco tempo; tudo estava muito limpo e os uniformes eram novos, e ela adorava a sensação suave ao toque do chapéu asseado e das luvas protetoras. O ambiente de trabalho também era excelente, com cadeiras boas e uma sala de descanso. Ela quase nunca tinha tempo para ir até lá, mas isso não importava.

Havia sempre uma música suave e alegre tocando. Ranhee ajudava os clientes bem-vestidos a escolherem os alimentos e produtos necessários para melhorar sua qualidade de vida. Depois de se formar na faculdade, ela chegara a ser promovida em uma equipe de marketing numa empresa de médio porte, porém não havia muitas oportunidades após uma longa pausa na carreira. Mas tudo bem; o termo "novo começo" era perfeito. Respeitável e totalmente descolado do passado; um cotidiano completamente novo, com caminhadas matinais solitárias em que ela murmurava para si mesma "Você consegue!".

De repente, a calma silenciosa de Ranhee foi interrompida por um barulho.

Um cliente colocou um pacote de balas de gelatina Haribo em formato de ursinhos no balcão do caixa. Eram as favoritas de Ranhee, que pegou o pacote com o maior prazer. Estranhou o fato de alguém querer passar apenas um produto com ela quando havia caixas automáticos. Com um sorriso amável, Ranhee escaneou o código de barras. Até que viu a mão familiar, com dedos curtos, roliços e robustos, como salsichas em conserva.

Ah, não! Ranhee olhou para o cartão de crédito entregue pelos dedos-salsichas. Era de um banco conhecido e tinha uma data de expiração próxima, da qual ela se lembrava. Torcendo para não estar certa, Ranhee levantou os olhos e então confirmou que era mesmo verdade. Por sorte, conseguiu suprimir a exclamação prestes a escapar de sua boca.

— Bom trabalho.

Foi o que o babaca disse. Ranhee arrancou o cartão da mão dele e finalizou o pagamento na velocidade da luz. De repente, sentia-se ofendida; apesar de ter contado a ele sobre o novo emprego na loja de departamento, não esperava que ele realmente fosse até lá.

— Fica dois mil, novecentos e cinquenta wons. Você não tem pontos acumulados e pode jogar o recibo fora quando sair — disse Ranhee, como forma de vingança, por já saber daquele fato de antemão.

Era muito azar que sua colega de trabalho tivesse ido ao banheiro bem naquele momento, deixando-a sozinha. O que ele queria dizer com "Bom trabalho"? Qualquer que fosse sua intenção, não pareceu um elogio.

— Fico feliz que você esteja bem — continuou ele, ainda legalmente seu marido. Seu jeito balbuciante de falar soou condescendente.

Ranhee olhou para ele de cara fechada. O rosto parecia abatido e o cabelo, sempre bagunçado, tinha crescido um pouco. Com o olhar fixo no marido perante a lei, Ranhee soltou as balas de gelatina como se fosse jogá-las do outro lado do caixa, e o pacote deslizou até chegar nas mãos de Seonggon.

— Libere logo o caixa — rosnou Ranhee.

Estava torcendo para que outro cliente chegasse logo para salvá-la, mas, infelizmente, a fila do caixa estava vazia e Ranhee não podia cometer a imprudência de enxotar o marido. Seonggon abriu o pacote de balas de gelatina e o estendeu para Ranhee.

— Quer?

Ela quase soltou um "Está louco?", mas selou os lábios e balançou a cabeça mecanicamente. O aroma familiar da gelatina estimulou seu olfato.

— Você está indo muito bem. Este trabalho combina com você — disse Seonggon, feito um robô, segurando o pacote de balas.

Ranhee o encarou com olhos ferinos. Um alerta soou na mente dela por puro reflexo. Uma palavra que surgia ao se fazer ou dizer aquilo que não deveria; quando se estava prestes a pedir um favor ou à beira da morte. Porém Seonggon apenas fixou o olhar em Ranhee e se afastou com relutância quando o herói dela, o próximo cliente, se aproximou do caixa.

O coração de Ranhee palpitava. Queria poder apagar a parte de sua vida em que conhecera Seonggon. Com exceção de Ayeong, é claro. Tinha que admitir que eles haviam vivido momentos bons também, bonitos e nostálgicos. Era triste saber que ficara tudo no passado.

Assim que tal pensamento lhe ocorreu, Ranhee sentiu uma onda de remorso tomar conta do coração, antes tão sereno. Vê-lo fez com que a imagem daquele homem, já quase esquecida, se tornasse nítida em sua memória. Sem perceber, Ranhee olhou para a multidão, mas não conseguiu detectar a presença do marido entre as pessoas bem-vestidas. Num misto de alívio e incerteza, ela estava a ponto de ser engolida pelos próprios pensamentos quando o novo cliente lhe estendeu o cartão. Foi então que conseguiu voltar a atenção para o presente e retomar sua atitude calorosa.

23

Ranhee era o amor da vida de Kim Seonggon. Em dado momento, ele se sentiu culpado por ela carregar o fardo de um dia ter sido a mulher de Andreas Kim Seonggon, uma mulher que se doou por inteiro.

Eles haviam se conhecido numa sala de bate-papo de *yeongkwibang*, em um conflito acalorado iniciado pela pergunta "Quem é o melhor: Scorsese ou Spielberg?". Ela respondeu "Spielberg", mas Seonggon discordou. Na época, e até meados dos anos 2000, Spielberg era um ícone de enorme popularidade, mas a qualidade cinematográfica de sua obra ainda era um tanto ambígua. Spielberg era jovem demais e seus filmes eram muito divertidos para ser reconhecidos como de valor artístico tão rápido quanto tinha acontecido com *A lista de Schindler*. Em outras palavras, eram entretenimento, não arte.

Seonggon também não gostava do fato de os filmes de Spielberg apresentarem as emoções que o diretor gostaria que o público sentisse. Considerava-os um simpático manual de como se sentir, que não abria espaço para interpretação nem nunca poderia ser chamado de arte. Já os filmes de Scorsese, esses, sim, eram sem dúvida alguma obras de arte cinematográficas e não precisavam ser explicados. Contudo, Ranhee não hesitou em pregar sobre a grandiosidade, ou melhor, o valor artístico de Spielberg, e seu exemplo foi *1941*, do qual o próprio diretor sentia vergonha.

A discussão se prolongou madrugada adentro em uma conversa privada e estranhamente resultou num encontro. Na época, ele achou que seria só um prolongamento da conversa que tinham começado pela internet, mas Ayeong — que adorava essa história em particular — pensara que estava mais para algo do tipo "te pego na saída". Ranhee, cujo nome de usuário era Demisoda7459, escolhera como ponto de encontro uma cafeteria onde o refrigerante Demisoda sabor limão era servido. Os números não significavam nada, eram os últimos dígitos do telefone dela, e Seonggon achou que o critério de escolha do nome tinha passado longe do bom senso.

No dia do encontro, ele já tinha comido quatro tangerinas à disposição numa cesta no centro da cafeteria e, alimentando sua energia combativa, repassava cada detalhe dos argumentos que provariam a superioridade de Scorsese e suas obras-primas em relação a Spielberg. Mas, no momento em que viu Ranhee subir as escadas segurando uma garrafa de Demisoda, Seonggon ficou sem palavras. Com o longo cabelo preto e liso, franja reta e botas pretas de cano alto, ela não despertara uma paixão à primeira vista em Seonggon, diferente de Julia e Cat. Era nítida a diferença entre Ranhee e as outras mulheres que Seonggon namorara até então; mais do que se apaixonar por ela, ele se sentira atraído e se convencera de que havia uma ligação entre os dois. Fingindo descontração, Seonggon se acomodou à mesa e se dirigiu à *femme fatale* sentada à sua frente.

— Já que é nosso primeiro encontro, que tal dizer seu nome verdadeiro, senhorita Demisoda7459?

— É Yoo Ranhee.

— Então, Yoo Nanhee, você acha o Spielberg melhor que o Scorsese...

— Não é Nanhee, é Ranhee! — explicou ela, chegando mais perto por sobre a mesa.

Então ela esticou os dedos e empurrou a garrafa de Demisoda na direção dele com a ponta das unhas pintadas de vermelho. Seonggon ficou encantado com o sorriso dela ao final do movimento atrevido, e foi assim que tudo começou.

Seonggon conhecia todas as expressões de Ranhee. Mas se lembrava apenas vagamente das expressões de alegria e do prazer que costumava aparecer em seu lindo rosto quando ela era jovem. Naquele momento, ele se lembrava com mais nitidez de sentimentos totalmente opostos.

O rosto dela, naquela tarde, era de apatia. Como o que resta depois que alguém peneira toda a alegria, o afeto, a felicidade e também a raiva e a tristeza, deixando que o sol e o tempo cuidem do que restou: o rancor, o arrependimento e o amor-ódio. Foi isso que Seonggon viu no rosto de Ranhee pouco antes. E o motivo para a apatia de Ranhee não era nada menos do que o próprio Andreas Kim Seonggon.

24

— Pelo amor de Deus, chefe...

Jinseok tampou o rosto ao escutar a pequena aventura de Seonggon, uma tentativa corajosa de ir até o local de trabalho da ex-esposa e dizer "Bom trabalho".

— Não importa se ela está fazendo um bom trabalho, o que você quis dizer com isso? — Jinseok soltou um suspiro longo.

— Eu disse que foi um elogio... — Seonggon coçou a cabeça, constrangido.

— Por mais que a intenção seja boa, um elogio vazio é como um insulto.

— Como assim "vazio"? Eu falei de coração!

— Sabe o tom e o ritmo? Aposto quinhentos wons que sua esposa interpretou errado pela forma como você falou.

— Tudo é tão difícil... Como é que se interpreta um elogio como se não fosse um elogio?

— Será que não é porque você não era de elogiar? Se quiser elogiar direito, precisa fazer disso um hábito.

Com um olhar vago em direção a Jinseok, Seonggon começou a bater palmas feito um robô.

— Obrigado. Você é ótimo com frases motivacionais.

— Ah, é, bem... Não há de quê...? — Jinseok deu uma risada superficial.

25

Kim Seonggon estabeleceu um novo objetivo. Três vezes ao dia, no mínimo, iria elogiar alguém sem motivo nenhum.

No entanto, elogiar as pessoas era tão difícil como evitar expressões esquisitas. Para começar, Seonggon por natureza não era lá muito delicado com os outros.

Segundo seus critérios, os elogios eram apenas para aqueles que realmente mereciam. Diante de tudo que havia de errado e sem sentido no mundo, Seonggon era muito mais rápido para criticar os outros do que para elogiá-los.

Além disso, para conseguir pensar em um elogio sincero, precisaria ser extremamente sociável e sagaz, estar no auge da boa vontade, segurar o elogio com toda a força e lançá-lo na abertura certa durante uma conversa. Isso exigia uma habilidade tremenda.

Mas o verdadeiro desafio era que um elogio só poderia ser entendido como sincero se passasse pela avaliação dos outros. Pouco importava a intenção, o procedimento era custoso e traiçoeiro e só se tornava um elogio quando a outra pessoa o aceitava como tal. Mas por que ele deveria ter uma habilidade dessa numa vida de constante julgamento? Para aqueles que não tinham o costume de lisonjear os outros, os elogios eram um meio de socialização pouquíssimo produtivo. Assim, mesmo tendo estabelecido o objetivo por vontade própria, Seonggon tinha que encarar a tarefa como uma obrigação, mesmo que se sentisse como se estivesse com a boca cheia de areia ao dizer coisas positivas para os outros.

Seonggon murmurou seu primeiro elogio para si mesmo quando estava de frente para o espelho, logo após acordar; já o segundo veio ao se dirigir aos pombos e gatos que encontrava pela rua. Para ser mais exato, suas palavras estavam mais para cumprimentos, monólogos e conselhos do que elogios. No terceiro elogio, Kim Seonggon se esforçou um pouco mais. Enviou uma mensagem de texto para Ranhee e disse a primeira coisa que lhe veio à cabeça para o segurança e a mulher que limpava o prédio. O resultado não foi positivo. Os elogios aleatórios, tais como "Você é uma ótima mãe", "Quantas vezes é preciso tirar o lixo para virar um especialista?" ou "A senhora nasceu para fazer limpeza", foram considerados insultos vazios e zombarias. Ele até recebeu uma mensagem de texto de Ranhee alguns dias depois, dizendo "Você enlouqueceu".

Toda vez que Jinseok o escutava falar de seus erros, levava a palma da mão à testa, suspirava e jogava a cabeça para trás.

— É porque seus elogios são vazios.

Seonggon ficou furioso com aquela tagarelice repetitiva.

— E como é que se coloca substância num elogio? Se for algo que dá para acrescentar que nem sal na comida, é só dizer!

— Olha, essa foi boa! A substância é como sal.

Jinseok murmurou algumas vezes e então pegou o violão disposto num canto e começou a cantarolar uma melodia no ritmo da batida. O rosto dele estava mais alegre nos últimos tempos. Dentro do universo do YouTube, havia espaço para infinitos tipos de interesse e, no meio de tudo, havia quem gostasse das mesmas coisas que Jinseok. Ele parecia ter se decidido a compor músicas inspiradas nos anos 1980, em vez de apenas falar sobre música pop. Havia mencionado que queria montar uma banda e, sempre que estava livre, abria um programa digital de instrumentos musicais, colocava um *riff* incompreensível e pesquisava acordes cativantes para completar.

— A substância é como o sal. O que dá gosto para a comida.

Seonggon se perdeu nos próprios pensamentos, deixando de lado Jinseok, que já havia completado um verso. Jinseok não era o único a incluir substância em seus elogios.

Seus elogios são bem-intencionados, mas você não põe a alma neles. Era isso que Ranhee costumava dizer ao marido às vezes.

— O que eu faço, então? É para falar com intenção ou mostrar a alma? — retrucou Seonggon, exaltado.

Depois de tantos fracassos, ele não conseguia se dar ao luxo de prestar atenção nos sentimentos dos outros. Expressava sua frustração com irritação, e seus sentimentos se resumiam a três expressões faciais: raiva explícita, raiva reprimida e sorriso forçado para esconder a raiva reprimida. Os sentimentos negativos explodiam especialmente dentro de casa. Para Seonggon, as palavras bondosas que saíam de sua boca eram como objetos de alto valor que se perdiam, por isso estava mais acostumado ao cinismo.

— Desculpa por estar de saco cheio disso, tudo bem? — retrucou Seonggon, apesar de ter adivinhado que nada de bom viria depois.

Óbvio que ele sabia. Até mesmo aquelas palavras não eram sinceras e o vazio contido nelas machucaria a si mesmo e aos outros. Mesmo assim, ele não suportou ouvir as palavras que saíram de sua boca. O mistério da vida era que, mesmo sendo fácil realizar boas ações, ninguém se dava ao trabalho, todos preferiam as más ações, por mais que o resultado fosse claro.

Ranhee havia dito que não aguentava mais aquela vida e que a própria existência de Seonggon era um sofrimento para ela. Foi assim que os dois se separaram.

Seonggon ficou de coração partido. Por fora, sua expressão era de raiva, mas a verdade é que tinha ficado desolado. E mesmo quando o que deveria proteger se partiu e desmoronou, Seonggon não teve coragem de expressar sua mágoa e preferiu sair de casa carregando aquela raiva, de modo infantil e estúpido.

26

A chuva caía numa torrente, e o vento estava tão forte que era possível discernir a direção da enxurrada. Seonggon estava incomodado desde a manhã; escorregou na rua molhada e quase colidiu com um pedestre que andava olhando o celular. Pensar em seu erro e nas consequências, caso tivesse ocorrido um acidente, o deixou irritado. Ele se sentiu um idiota por estar pedalando na bicicleta velha naquele dia.

Ao passar pelo cruzamento em frente ao prédio do instituto, Seonggon viu o motorista do ônibus escolar outra vez. O homem ia e voltava correndo do prédio para o ônibus sem um guarda-chuva naquela tarde chuvosa, a testa franzida por causa da água que caía em seu rosto. Com uma pequena sensação de vitória, Seonggon pedalou através da tempestade.

Nem quinze minutos depois, no caminho de volta, Seonggon viu um cenário completamente diferente.

O homem estendera um cobertor no chão e criara uma pequena passarela de plástico no alto para que as crianças não pegassem chuva ao saírem do prédio. Como de costume, elas caminharam com passos rápidos até o ônibus e ganharam um sorriso dócil e amável do homem, que as escoltava até o interior do veículo. O homem parou e, com ar de inocência juvenil, olhou as gotas de chuva nas colunas da passarela de plástico.

Kim Seonggon achou a cena incrível e, ao mesmo tempo, sentiu uma onda de raiva. Só algumas pessoas haviam nascido para fazer algo como aquilo. Com essa ideia na mente, Seonggon trabalhou duro o dia inteiro, mal conseguindo manter os ombros retos. Os comentários dos clientes sobre a chuva e os avisos para que ele tomasse cuidado só o aborreceram. Será que não entendiam que os entregadores só queriam ganhar uns trocados a mais, principalmente quando já se matavam de trabalhar? Será que as pessoas achavam mesmo que estavam sendo gentis ao enviar esse tipo de mensagem ou ao cancelar os pedidos?

A chuva só parou ao anoitecer. Com as calças encharcadas até as coxas, o cabelo grudado na testa e sem forças para pedalar, Seonggon foi arrastando a bicicleta, com as calças molhadas e o cabelo ensopado. No entanto, a curiosidade venceu e ele resolveu pegar o caminho mais longo, que passava pelo instituto. Como esperado, os ônibus amarelos estavam parados em frente ao prédio, esperando pelas crianças. Seonggon avistou o motorista e ficou chocado.

Atrás dos outros motoristas, que fumavam ou batiam papo, Seonggon viu o homem agachado no espaço entre os prédios, de costas e com mãos apoiadas nas pernas. Olhava para baixo; um montinho pequeno de pétalas de flor jazia a seus pés. Primeiro, gotas de chuva pela manhã, agora pétalas de flor? Aquilo devia ser alguma pegadinha. Seonggon deu uma olhada rápida no homem quando passou por ele, apoiou a bicicleta na primeira parede em que botou os olhos e voltou com passos pesados. Então, num tom de voz quase sarcástico, se dirigiu a ele.

— O que está fazendo?

Ao ouvi-lo, o homem se levantou devagar. Os olhos de Seonggon captaram as palavras "Park Shiryeong — Motorista" bordadas na lapela da camisa.

— Oi? — perguntou o homem. Até essa única sílaba continha uma força imensa.

Com uma expressão simpática e cortês, porém autoritária, Park Shiryeong esperou pela resposta de Seonggon, que acrescentou, como para se justificar:

— Ah, é só que eu costumo passar por aqui e sempre o vejo fazendo isso, mas fico sem entender.

Park Shiryeong cruzou os braços, como se fosse ele quem não tinha entendido. Kim Seonggon começou a gaguejar. As palavras saíram em um rompante. Ele contou ao homem que o observava às vezes, enquanto ia e voltava do trabalho, e que o constante comportamento educado dele sempre o impressionava. As palavras de Seonggon saíam numa temperatura três graus mais alta do que seus verdadeiros sentimentos e, quando enfim se calou, Park Shiryeong abriu um sorriso amplo.

— Eu sei que o senhor está ocupado com o trabalho, mas agradeço por prestar atenção em alguém como eu.

— Não foi porque eu me importo que prestei atenção em você, mas porque fiquei curioso com suas atitudes e expressões faciais.

— Ficou curioso sobre o quê?

— Você não fica com raiva? Quer dizer, não se incomoda nem se irrita com alguma coisa? Porque sempre o vejo sorrindo que nem um garotinho inocente...

Park Shiryeong deu risada.

— O que você quer que eu diga?

Ele sorria, mas seu tom de voz era afiado. Sua abordagem era direta, do tipo que faria quem quer que pretendesse falar alguma besteira se afastar; com uma franqueza intrínseca que poderia ferir qualquer um que lhe causasse problemas.

— Como você consegue estar sempre feliz? — perguntou Seonggon, nervoso, falando em um tom de voz ainda mais alto.

Park Shiryeong examinou o rosto de Seonggon com atenção.

— Você tem muitos motivos para sentir raiva, não é mesmo?

Seonggon ficou perplexo. Aos olhos de Park Shiryeong, ele deveria estar parecendo um coitado e, só de pensar nisso, quis se esconder em um buraco.

— De vez em quando... — Seonggon, com vergonha, mal conseguiu balbuciar uma resposta, quando viu o sorriso firme de Park Shiryeong.

— Não entendi muito bem sua pergunta, mas eu tento manter um hábito na minha vida.

— Que é...? — perguntou Seonggon, engolindo em seco.

— Simplesmente me sentir bem — respondeu Park Shiryeong, com leveza.

— Se sentir bem?

— E sabe o que mais?

— O quê?

— Eu faço uma coisa de cada vez. Quando estou comendo, estou comendo. Quando estou andando, estou andando e, quando estou trabalhando, estou trabalhando. Se vivermos no momento presente, não desperdiçamos nossas emoções.

Aquela perspectiva não era muito diferente do modo de pensar de Kim Seonggon. Ele já sabia por experiência própria que uma simplicidade despropositada, assim como endireitar as costas e abrir os ombros, era o segredo para firmar a própria vida. Mas aquilo não respondia à pergunta.

— E por último... — continuou Park Shiryeong — ... gire a chavinha do seu ponto de vista e veja o mundo como ele é. Nós desperdiçamos muita energia e esgotamos nossas emoções porque estamos o tempo todo julgando tudo, e não entendemos de que jeito o mundo funciona porque estamos olhando através das lentes do nosso ponto de vista, como se usássemos óculos escuros. Se a gente girar a chavinha, tudo fica mais fácil. Uma folha caindo passa a ser apenas uma folha caindo; um poste, apenas um poste; nós começamos a aceitar o vermelho como vermelho e o amarelo como amarelo. Mas existe uma exceção: olhe aquele poste de luz. Qual cor parece irradiar da lâmpada?

Kim Seonggon seguiu a indicação de Park Shiryeong e olhou para o poste de luz do outro lado da rua.

— Laranja... — respondeu Seonggon, num tom de voz incrédulo, como se não houvesse a menor possibilidade de haver resposta diferente.

— Preste atenção. Veja se é laranja mesmo.

Seonggon obedeceu, pensando consigo mesmo que deveria analisar o que não passava de um velho poste de luz laranja. Park Shiryeong continuou em voz baixa:

— Se olhar bem, você verá que há um espectro de cores, do vermelho no topo ao laranja no centro, com pontinhos pretos espalhados. E ali, no canto, dá para ver um brilho azul bem fraco.

Seonggon assentiu.

— Óbvio que você vai dizer que a luz é laranja, mas, ao prestar atenção, não dá para enxergar dessa forma. No momento em que você diz que a luz é laranja, está enxergando errado. É lógico, seus olhos estão vendo cores diferentes, mas sua boca diz que ali só tem uma única cor. Você precisa ver as coisas como são, senti-las como são, e é aí que algo de curioso começa a acontecer: você percebe que há muitas coisas interessantes neste mundo, e muitas coisas lindas também.

Park Shiryeong soltou uma risada e Seonggon assentiu, mas continuou sem entender.

— Certo, digamos que a luz de um poste tenha cores diferentes. Talvez essa lógica funcione individualmente, mas será que condiz com outras situações? Quer dizer, eu posso muito bem cruzar o sinal vermelho ou me envolver num acidente. E se for uma pessoa idosa? E se você não der conta de todas as crianças e acontecer um acidente?

— Hum...

Park Shiryeong balançou a cabeça de um lado ao outro e sorriu feito um sábio.

— Como você consegue assistir à televisão e comer ao mesmo tempo? Ou atravessar um semáforo enquanto conversa com alguém? É claro que existem truques e algumas precauções são necessárias, mas você se acostuma. E não sei se entendeu, mas o mais importante é o que eu disse no começo: é preciso sentir plenamente.

Não demorou muito para que a criançada começasse a disparar prédio afora. Park Shiryeong as cumprimentou com a cabeça de leve e se dirigiu até lá. Logo os ônibus amarelos começaram a se afastar; as rodas girando por cima das pétalas de flor molhadas de chuva. Por algum motivo, Seonggon não conseguiu fazer nada além de ficar ali, parado, durante um bom tempo.

27

A mãe de Seonggon, Chiara Choi Yongsun, adorava flores. Ficava muito feliz quando desabrochavam e se entristecia quando murchavam. No inverno, esperava ansiosa pela primavera e se maravilhava quando as flores desabrochavam, como se fosse a primeira vez que via aquilo na vida.

— O vento está tão suave. As flores, delicadas! Olhe como as estrelas estão brilhando! — dizia ela, com frequência.

Seonggon achava esse deslumbramento chato e cansativo. Às vezes, pensava que a mãe mandava fotos de flores para escapar de sua vidinha monótona. Sempre que estava com pressa e sem tempo a perder, ele deixava escapar sua opinião.

— Mãe, não sinto nada quando você diz essas coisas, então faça o favor de parar. Eu nunca sei o que responder, e isso me deixa maluco. O que você quer que eu faça? As flores desabrocharam, e aí? Quer que eu pegue uma para você? Não. Quer que eu diga que você está certa? O que raios você quer que eu faça quando fica murmurando por aí que as flores desabrocharam? — respondeu ele, certa vez.

Nesses momentos, a mãe apenas respondia "Está bem, me desculpe" e voltava a atenção para a floresta urbana dentro do apartamento, para além da orquídea que costumava aguar, enquanto cantarolava uma canção. A canção continuava até o filho exclamar "Caramba..." e se retirar, deixando-a sozinha.

Em seu leito de morte, após descobrir um câncer no pâncreas, a mãe estava com o rosto pálido. Preparava-se para partir, como se em resposta ao pai de Seonggon, que falecera alguns anos antes.

— Meu filho... — começou ela, quando Kim Seonggon foi visitá-la.

Ele acabara de encerrar uma discussão acalorada pelo telefone com um cliente, sem perceber que ela o observava.

— Sim, mãe? — Kim Seonggon se virou para ela.

— Preciso que você corte minhas unhas do pé...

— Unhas do pé?

— Estão muito compridas. Detesto isso.

Kim Seonggon levantou a fina colcha cobrindo o corpo enfermo da mãe.

— Sempre mantive minhas unhas curtas, mesmo depois dos setenta anos, por mais que fosse difícil. Nunca se sabe quando vai chegar a nossa hora, e não quero morrer feia com unhas gigantes. Mas aí nos esquecemos e a morte vem bater à porta e amolar a gente.

— Você está falando besteira — retrucou Seonggon, com os olhos já vermelhos.

— Eu detesto pedir isso, mas como é a primeira vez, você consegue fazer esse favor para sua mãe? Quero partir antes que elas cresçam outra vez.

— Mãe, pare de falar essas coisas. Você pode me pedir qualquer coisa.

— Meu corpo está morrendo, mas não entendo por que minhas unhas da mão e do pé continuam crescendo. Gostaria de passar essa energia para outras coisas: bebês e plantas que estão crescendo. Me sinto egoísta com essas unhas tão grandes.

Seonggon acariciou o cabelo dela.

— Rápido. Antes que alguém chegue.

De repente, as palavras da mãe saíram num fôlego entrecortado, e Seonggon pegou o cortador de unhas com as mãos trêmulas. Os pés dela estavam pálidos e secos, e as mãos pareciam os galhos finos de uma árvore no inverno. Quando ela deixara de ser um corpo quente e pleno para se tornar aquela árvore seca? Ele sentia que havia consumido toda a energia vital da mãe; talvez por isso estivesse tão gordo.

Seonggon chorava enquanto cortava as unhas da mãe. O som tilintante do cortador ecoou pela ala do hospital. No fim, os pés dela estavam asseados.

— Agora posso partir me sentindo melhor — disse ela; seus olhos tinham se iluminado.

Um daqueles sorrisos largos de que Seonggon se lembrava estampou o rosto de Chiara Choi Yongsun pela última vez.

Apesar de a morte da mãe tê-lo entristecido, as lágrimas de remorso e penitência de Kim Seonggon não duraram muito; ele logo voltou à rotina, e a presença da mãe foi rapidamente esvanecendo no dia a dia corrido.

Numa noite, depois de uma chuva, a mãe de Kim Seonggon retornou às lembranças dele pela primeira vez depois de muito tempo. Ela e Ranhee tinham a mesma opinião sobre vários assuntos; devia ser por isso que as duas tinham se dado tão bem. Ambas sempre terminavam as frases com a mesma exclamação: "Não é mesmo?!" "As nuvens parecem um carpete, não é mesmo?", "As flores estão tão vermelhas, não é mesmo?", "Pão italiano é bem gostoso, não é mesmo?". Ambas notavam tudo que acontecia ao redor através dos sentidos e descreviam o mundo com um vocabulário de sentimentos e sensações.

Em oposição, as respostas de Seonggon eram sempre cheias de amargura. Se estivesse de bom humor, dizia que estavam exagerando, mas se estivesse de mau humor, transformava os sentimentos delas em algo trivial, inútil e irracional, retrucando coisas do tipo "E daí?".

As frases de Seonggon costumavam terminar com a exclamação "pô!". "Isso aqui é dinheiro, pô!", "O investimento é sólido, pô!", "Se eu botar a mão, vai ser sucesso garantido, pô!". Mesmo que o assunto fosse uma flor, seu cérebro reagiria à menção de algum ingrediente extraído da parte amarela ou vermelha da flor que valia o investimento. Era uma perspectiva necessária para uma mentalidade empreendedora, mas prestar atenção na utilidade ou na eficácia das coisas gerou uma deterioração gradual de um aspecto importante da vida dele.

Andreas Kim Seonggon aos poucos esqueceu como admirar, como se surpreender, como observar as coisas e o mundo ao acaso. E nenhum homem que se esquece disso consegue sorrir com naturalidade ou ter uma vida serena.

Seonggon pensou no próprio pai, com suas rugas e seu jeito severo, um homem com quem ele não trocara muitas palavras ao longo da vida. O pai, que vivera dentro das regras e pelo bem das regras. Antes de morrer, ele começou a deixar de fazer uma coisa após a outra; primeiro, parou de assoviar, e depois, parou de fumar. Então parou de beber, de falar e, por fim, de pensar. Apenas se sentava numa cadeira e assistia ao mundo passar diante dos olhos; fitava a paisagem como se tentasse absorver aquele mundo que nunca havia sentido por causa das regras e do controle. Ele evitava o olhar das pessoas, talvez por elas o terem atormentado a vida toda, e fitava o céu, a terra, as nuvens e a grama. Parecia que, quando chegasse a hora de partir, levaria junto um pouquinho daquilo que havia perdido.

Kim Seonggon começou a refletir. Perguntou-se se ele próprio também passaria o fim da vida a fitar o mundo, com os olhos turvos e o coração desvanecido.

28

A pessoa mais sensível que Seonggon conhecia era Ayeong. Quando era pequena, costumava chorar por qualquer coisa, e rir também.

Ao meio-dia de um domingo, quando Ayeong ainda nem tinha dado os primeiros passos, Ranhee conseguira, a muito custo, fazê-la dormir antes de sair de casa, e Seonggon descobriu que a menina tinha acordado sem fazer barulho. Ela estava sozinha, dando risada, entretida com alguma coisa. Seonggon abriu mais um centímetro da porta e deu de cara com Ayeong deitada de bruços, enfiando o rosto no chão do quarto várias vezes, e a fricção entre sua bochecha e o assoalho fazia um som de *plof*. Ayeong achou a sensação de colar e descolar a pele do rosto no chão interessante e divertida, e a explorava repetidamente.

Ayeong era uma criança que sabia fazer de tudo. Sabia soltar a risada mais linda do mundo ao sincronizar a bochecha com o chão, e sabia pôr na palma da mão o arco-íris que a luz do sol refletida na janela formava no chão da casa. Sabia agarrar o fio de água que saía da torneira e fixar seu olhar de fascínio nas minúsculas gotas que espirravam, como se tivesse encontrado uma joia, e quando chegava o rosto perto de uma laranja, sabia franzir o nariz e rir do aroma estranho e doce. O coração de Seonggon explodia de alegria ao ouvir a risada de Ayeong; ele teria dado a vida por aquele som.

Kim Seonggon aprendera com Ayeong que as sensações, por si só, conseguiam gerar alegria, e que os seres humanos haviam sido feitos para sentir essa alegria em sua forma mais genuína. Porém ele se esquecera dessa lição preciosa e aceitara que a maioria das coisas era só parte de uma rotina sem graça e entediante.

Não demorou muito e as sensações de Seonggon se tornaram meros conduítes deteriorados que serviam apenas para a manutenção de sua vida. As sensações que lhe passavam pelo corpo eram usadas por motivos rudimentares: ligar o carro ao escutar uma buzina quando estivesse distraído no semáforo recém-aberto, colocar gelo no copo de uísque quando o líquido ficasse morno ou mudar de canal quando a televisão transmitisse um programa de que não gostava.

* * *

Se a vida fosse um armário com gavetas para diferentes sabores e aromas, havia apenas uma gaveta sempre aberta na vida de Seonggon: a do ódio, da irritação, da decepção, do nervosismo, da melancolia e da frustração. Em algum momento, ele se esquecera de como abrir as demais gavetas. Como a da felicidade genuína, cheia de emoções que não cabiam em palavras, que havia sido fechada com firmeza e que ele nem sabia mais identificar qual era.

Andreas Kim Seonggon parou de súbito. Havia flores desabrochando ao longo do caminho. Ele não sabia em que momento começaram a desabrochar, mas o auge da primavera já havia passado.

— Entendi. Eu não enxergo, por isso não sinto — murmurou Seonggon, feito um poeta.

Seonggon olhava sem enxergar, experimentava sem saborear, ouvia sem escutar.

Quando finalmente confessou aquela verdade em voz alta, uma tristeza sem fim o inundou, e Kim Seonggon acolheu aquela emoção com uma risada autodepreciativa. Pensava que muitos órgãos sensoriais de seu corpo eram inúteis, por isso ele não experimentava boa parte do que havia no mundo. Seonggon não se lembrava de quando havia sido a última vez que observara uma flor desabrochando, experimentara uma comida deliciosa ou sentira a tristeza ou o desespero de alguém. Tudo no mundo o entediava; ele já sabia de tudo, tinha visto o suficiente para não gostar, tudo era sempre igual e a vida era um palco montado pelos outros, enquanto ele era apenas um grão de poeira que rolava pelo chão.

O alcance de suas emoções deterioradas se resumia a ele próprio, como as de uma criança emburrada. Era natural que Seonggon focasse excessivamente a própria tristeza e desamparo e colocasse a culpa nos outros, em especial na família, por não conseguirem aceitar os sentimentos dele.

De coração partido, Seonggon se lamentou, com pena de si mesmo. Sentiu um aperto no peito ao pensar em como tinha sido estúpido e magoado os outros.

No entanto, Kim Seonggon tinha certeza de uma coisa: precisava encontrar e abrir as gavetas de seu coração, pois somente assim conseguiria reaver sua alma perdida, somente assim suas expressões faciais, tom de voz e elogios seriam sinceros. Precisava reconquistar as sensações que havia rejeitado e aprender a usá-las outra vez, assim como um bebê aprende a dar os primeiros passos. Um aprendizado novo e genuíno.

29

Para reavivar os sentidos, Andreas Kim Seonggon recorreu a um experimento incomum e primitivo: buscou um sinal num momento passado, do qual se recordara de repente.

Após dar à luz Ayeong, Ranhee passou duas semanas na maternidade, onde as lactantes seguiam uma dieta quase sem sódio e adição de sal. Nenhuma das refeições que Ranhee recebia continha sal, condimentos ou componentes de sabor forte, o que a ajudava a produzir um leite saudável e inofensivo. Aos olhos de Seonggon, era uma comida tão insípida e imaculada que ele questionava se Ranhee conseguia sentir algum sabor.

Os problemas começaram depois que ela voltou para casa. Até então, Ranhee sempre tinha sido muito boa de garfo, principalmente em se tratando de comida apimentada, mas ao cabo de duas semanas após ter recebido alta da maternidade, ela começou a suar frio e a se abanar, com a língua de fora, ao menor sinal de um pouco de ramyun enrolado nos palitinhos. Em kimchi, então, nem se falava.

— Acho que minhas papilas gustativas ficaram sensíveis demais... não consigo mais comer alimentos tão apimentados — choramingava Ranhee face à maioria das comidas.

Demorou um bocado para que ela conseguisse colocar kimchi na boca outra vez e comer ensopado e ramyun.

— Até que foi uma experiência interessante. Experimentar o sabor original dos ingredientes foi como um sopro de ar fresco, não é mesmo? — comentou melancólica, assim que seu paladar se acostumou.

O que Seonggon planejava fazer era similar àquele experimento. Tal plano foi naturalmente colocado em prática depois que ele passou mal certo dia após comer ramyun sabor picante, o que o fez pular o jantar.

Kim Seonggon estava de estômago tão cheio que só foi sentir fome na manhã seguinte. De repente, uma ideia lhe passou pela cabeça, e ele se levantou e começou a rabiscar um plano: iria fazer uma faxina geral em si mesmo e começar do zero. Pelas quarenta e oito horas seguintes, desligaria todas as chaves sensoriais de tudo o que costumava fazer.

Kim Seonggon estava decidido. Tirou dois dias de folga das entregas, pediu para que Jinseok não fosse visitá-lo por alguns dias e até arriscou deixar o celular desligado. Num caderno, com a caligrafia sisuda, escreveu:

Sem rir, sem dar risada.
Sem comer, sem se mexer.
Ficar parado que nem uma pedra.
Como se não estivesse vivo!

30

Andreas Kim Seonggon desligou toda a energia da quitinete e abaixou as persianas. O plano era minimizar até os próprios movimentos, exceto para ir ao banheiro ou beber a água que ele já deixara separada, e se concentrar nos sons do interior e nas sensações do exterior.

Seonggon deitou-se no colchão com uma expressão determinada, mas nem dez minutos depois, a fome bateu. Uma fome repentina e ruidosa. A cacofonia cômica dos órgãos dele rugindo e gorgolejando acima do ronco das motocicletas do lado de fora era irritante.

A luz atravessou as frestas entre as persianas, permitindo que ele enxergasse várias coisas na escuridão: os padrões tremeluzentes no papel de parede escuro, a poeira rodopiando em silêncio e a luz do sol mudando de ângulo conforme a hora do dia.

Não demorou muito para ele sentir sede, mais insuportável do que a fome. Kim Seonggon esperou até que soasse o alarme de hidratação predefinido por ele para entornar a água.

O estômago de Seonggon continuou dando saltos. Seu corpo eliminava líquidos quando privado de alimentos para digerir, então ele precisou ir ao banheiro mais vezes do que o esperado. Foi melhor assim; durante as horas de restrição em que estava incapacitado de fazer qualquer coisa, ele se pegou desejando que a hora de ir ao banheiro chegasse logo. Só depois de algumas horas daquelas microações foi que o corpo de Seonggon aos poucos começou a aceitar aquela condição.

E então ele se deu conta. Sua vida passou diante dos olhos que nem um filme, e ele assistiu às imagens mentais como se estivesse reassistindo a um filme já conhecido. Seonggon não sentiu emoção alguma enquanto seu eu do passado se desesperava, chorava e berrava dentro das lembranças, mas pôde sentir as mudanças de temperatura, coceiras abruptas, formigamento e outras sensações irritantes que se entranhavam no meio das memórias.

Kim Seonggon tentou se forçar a ignorar todos os estímulos externos, mas foi impossível. Com os olhos fechados e os ouvidos apurados, tentou fingir que o mundo era um buraco negro cheio de nadas, mas seus ouvidos detectavam os mínimos ruídos, e a pouca luz em meio à escuridão criava imagens que lhe lembravam a criação do mundo.

Ele não tinha nascido com aquela capacidade sensorial só para não sentir emoção alguma. Desde que chegara ao mundo, seu corpo havia estado sempre tentando sentir o exterior, de alguma forma, sempre querendo se conectar com o mundo.

O corpo de Kim Seonggon tinha se desgastado e se tornado rígido após seus quase cinquenta anos de vida, e seus sentidos não eram mais tão aguçados quanto antes devido às longas horas de trabalho, mas ele ainda tinha cinco órgãos sensoriais enferrujados, como os doze navios da frota do almirante Yi Sunsin. Os órgãos de Kim Seonggon gritavam uns com os outros dizendo que ainda eram capazes de fazer muita coisa, de serem úteis.

Ele não conseguiu parar de pensar em tudo que gostaria de comer. Queria caminhar e correr, queria poder sentir com aquele corpo que recebera e colocar essas sensações em uso. Cada célula do corpo de Seonggon gritava para que ele deixasse de ser uma pedra e se jogasse no mundo.

Kim Seonggon ficou nesse estado durante dois dias inteiros. Alternando entre o sono e os sonhos, confinado por vontade própria a uma prisão construída por si mesmo. Quando o alarme finalmente o acordou, ele arrancou os tampões de ouvido e a máscara de dormir. A luz ofuscou seus olhos e ruídos de estalo ao redor pareceram fogos de artifício agredindo sua audição. O redemoinho de tantas sensações de uma vez, numa violência insuportável, foi chocante e o fez pular da cama como uma mola. Ele se levantou aos tropeços, já que as pernas e as costas estavam inacreditavelmente enrijecidas.

Ao levantar as persianas, os raios de sol perfuraram seus olhos feito uma adaga e um berro agudo escapou de sua garganta enquanto cambaleava para trás. Apesar de tudo, a luz era bem-vinda. Ele se levantou aos trancos e soltou um grunhido baixo e rouco, parecendo um zumbi, com um peso gigantesco nos pés. Seonggon ficou orgulhoso daqueles pés e daquelas pernas por aguentarem seu corpo tão pesado. Correu para pegar a maçã que deixara sobre a mesa, cujo aroma provocara seu olfato de tempos em tempos durante aqueles dois dias, e deu uma mordida. A maçã, já murcha e farofenta, cedeu sob suas unhas quando ele a apertou, e o suco doce e morno lhe encheu a boca. As vísceras de Seonggon roncaram e roncaram enquanto o desejado alimento descia pelo esôfago.

Ofegante, Kim Seonggon deu um passo para fora de casa. A movimentação e as expressões das pessoas por quem passava preenchiam seu campo de visão, o calor do sol sobre suas mãos viradas para cima, o vento batendo em sua face e trazendo o cheiro de gente e coisas, naturais ou não; tudo de constante e implacável que preenchia o mundo. A tontura caótica que ele estava sentindo também poderia ser interpretada como vivacidade e movimento. Kim Seonggon se misturou à multidão, recebendo aquela inexplicável torrente de sensações de braços abertos.

Perguntou-se se as pessoas ingeriam bebida alcoólica ou usavam drogas para viver aquela total explosão de sensações;

se era por isso que queriam sentir na pele o que os olhos viam, na sola dos pés o que os ouvidos escutavam e nas batidas do coração o quanto a terra tremia.

Kim Seonggon queria sentir com toda a intensidade possível, como Ayeong havia feito durante a infância; como Park Shiryeong, que ainda enxergava o mundo com o olhar de um menino.

31

Ele logo se acostumou com as sensações. Em doze horas, todos os sentidos tinham voltado ao que eram dois dias antes. Os carros passando e as pessoas andando de cabeça baixa, olhando o celular, tudo se tornou familiar outra vez.

Mas algumas perguntas ficaram na mente de Seonggon. A maioria das coisas que atingiu seus sentidos ficou para trás, mas algumas ressoaram por muito tempo. Quando e por qual motivo vivenciamos o pós-imagem de um relance, um som que reverbera ou um aroma que se prolonga, e qual seu significado? Kim Seonggon refletiu enquanto andava de bicicleta pela cidade. No fim, qual era o significado daquilo tudo?

* * *

Alguns dias depois, numa noite chuvosa, Kim Seonggon saiu para fazer uma entrega. Deixou kimbap e rabokki em frente a uma quitinete fechada, café e pão em frente a um escritório fechado e pizza em frente a um apartamento, também fechado. Igual a vários outros dias, tudo o que Seonggon encontrou foram portas fechadas.

Por último, já exausto, deixou frango frito em frente à porta de um apartamento e, quando se virou para voltar ao elevador, a porta se abriu de supetão. Um garotinho, que não devia ter mais de dez anos, enfiou a cabeça para fora e agarrou a embalagem. Seonggon fez contato visual com ele, que abaixou a cabeça num cumprimento antes de fechar a porta com força. Deu para ouvir os passos apressados lá dentro, seguidos da exclamação da família.

— Oba! O frango chegou! — exclamou alguém.

Só o que restou foi o aroma da comida no ar, o sorriso espontâneo de Kim Seonggon, com suas roupas encharcadas pela chuva, e a paisagem cinzenta do outro lado da janela do corredor. Não tinha sido uma experiência tão gratificante assim para Seonggon, mesmo que volta e meia acontecesse, mas, de certa forma, aquela cena ficou cravada na memória dele.

Seonggon teve um sonho naquela noite, em que estava com a família na praia; os raios de sol brilhando nas águas do mar. Ayeong construía um lindo castelo de areia; suas mãozinhas no formato da folha da bromélia agarravam e soltavam punhados de areia, e ela ria ao enfiar as mãos no meio do pó dourado.

De repente, a areia se transformou em terra. Seonggon se encontrava no exato ponto onde o vento batia e a terra subia, causando ardência em seus olhos. Eles estavam num centro hípico, e Ayeong, com seis anos, cavalgava sobre a terra seca. A cada volta, a terra que os cascos do cavalo levantavam entrava nos olhos de Seonggon e Ranhee, mas os dois estavam felizes de ver Ayeong acenar para eles parecendo orgulhosa, mesmo que esfregassem os olhos ardidos. *Que lembrança bonita*, pensou Seonggon.

Então o céu escureceu e uma infinidade de estrelas surgiu acima deles, parecendo estar em movimento para a frente. Seonggon e Ranhee estavam deitados nus sob as estrelas. Estavam no Canadá, na lua de mel, debaixo da aurora boreal no céu de uma noite de verão.

— Por que o mundo não acaba neste momento? — perguntou o jovem Seonggon.

— Porque há mais beleza do que isso — respondeu Ranhee.

— A beleza desaparece. Muda e depois some.

Ranhee balançou a cabeça.

— Não, a beleza permanece.

Ranhee abriu um sorriso brando. Quando aquele sorriso se foi, Seonggon ficou sozinho. Estava numa ilha australiana, e uma paisagem fantástica o rodeava: havia um deserto à sua frente; atrás, uma floresta; e abaixo, o oceano. O sol queimava diante dos olhos de Seonggon e se punha às suas costas.

— A beleza permanece — murmurou Seonggon, assim que o brilho avermelhado se extinguiu.

Nesse momento, uma chuva de estrelas explodiu como fogos de artifício, formando uma poeira fina de luzes no céu escurecido. Seonggon sabia que era um sonho, mas, mesmo assim, não abriu os olhos. Ainda conseguia ouvir os sussurros de Ranhee e a risada de Ayeong, conseguia sentir a grama macia debaixo das mãos, conseguia notar o gosto da água que bebera em goladas. Todas as sensações de seu corpo se fundiram para formar um desenho tão brilhante e suave e cálido quanto a aurora boreal. Era uma coisa linda. E aquela beleza permaneceu na mente dele, preservada e intacta.

Kim Seonggon abriu os olhos; estavam cheios de lágrimas. Por muito tempo, ficou soluçando, com as sensações intensas se espalhando por seu corpo, tal como um recém-nascido.

Quando o choro cessou, uma imagem vaga começou a se formar na mente de Seonggon: seus pequenos objetivos estavam voltados a um único propósito e chegara a hora de compartilhá-los com os outros. Assim como uma gota de tinta que cai por acidente e se espalha para formar uma linda ilustração, Kim Seonggon continuou a expandir seu pensamento infinitamente. O coração e a mente de Seonggon estavam sendo preenchidos por um retrato da elucidação; uma coisa grandiosa, esplêndida demais para ser guardada para si; algo que poderia colocar a vida dele no lugar.

32

Kim Seonggon se levantou num salto. Para ele, que normalmente precisava se esforçar para fazer um único abdominal, aquele movimento só era possível quando uma luz se acendia em seu interior. Perdera a conta de quantas vezes, no calor do momento, acordara Ranhee no meio da noite para contar-lhe sobre a ideia de um novo negócio; quantas noites passara em claro elaborando propostas de projetos. Esse padrão se mostrou um fracasso na maioria das vezes, e sua experiência lhe alertou para refrear a si mesmo daquela vez. Kim Seonggon estabilizou a respiração e, decidido a seguir a voz da razão, lentamente deitou-se de volta na cama.

Mas se levantou de novo em menos de cinco segundos.

O sono já havia ido embora.

Quando acordou por completo, seus dedos já começaram a correr pela tela branca, esboçando as orientações e o conteúdo de um novo empreendimento. Ele tinha mania de mergulhar em ideias que pareciam boas, mas era a primeira vez que uma delas lhe causava frio na barriga. Ele precisou fazer intervalos para cerrar e relaxar os punhos, como se apertasse um instrumento fortalecedor de mãos. Arrepios inexplicáveis passavam pelo corpo de Seonggon, que estremecia de leve.

Não se tratava de comprar ou vender uma mercadoria, nem da garantia do sucesso; como Seonggon falara para Jinseok uma vez, o importante era o significado daquilo, acima de tudo.

Seonggon anotou resumidamente tudo pelo que havia passado nos meses anteriores, desde a tentativa abortada de se jogar no rio até o momento atual, e as lições que aprendera. Então começou a elaborar algumas perguntas.

Eu quero mudar mesmo? Quero me tornar uma pessoa diferente? Quero traçar uma linda trajetória e receber o apoio de alguém? Quero me libertar de mim mesmo para poder renascer?

Seonggon passou a noite em claro e enfim terminou o primeiro rascunho da proposta. Foi só quando o sol já estava alto no céu que ele parou e foi se deitar.

Parte três

O Projeto Fio

33

Ao entrar na cafeteria, Ranhee prendeu a respiração quando seu olhar cruzou com o de Seonggon, que arrumou a postura assim que a viu. Ao mesmo tempo em que Ranhee se arrependia de ter ido até lá, a lembrança de quando os dois se conheceram a atingiu. O homem com quem ela se encontrara no calor do momento, após uma discussão no chat de *yeongkwibang*, tinha sido o primeiro a chegar. Ele também ficara surpreso ao vê-la, e Ranhee sentira que o encontro deles era obra do destino. O destino, que havia lhe trazido alegria e encanto e a colocado na companhia de alguém que ela não trocaria por nada no mundo, mas que também lhe trouxera mágoas, desespero e arrependimentos.

Ranhee e Seonggon, sentados de frente um para o outro, estavam mais velhos — em vários sentidos — do que eram quando a história deles começara, vinte anos antes. O amor que os preenchera e a certeza de um futuro brilhante haviam murchado, desbotado e enferrujado. Da mesma forma que ela via seu reflexo nos olhos de Seonggon, ele via o próprio reflexo nos olhos dela.

Mas, naquele dia, Ranhee enxergou algo novo. Os olhos dele exibiam um brilho familiar e, ao mesmo tempo, desventurado; o mesmo olhar que ela já conhecia, de alguém que está prestes a começar uma nova empreitada, mas havia algo de diferente. Os olhos de Seonggon, em vez de explodirem com uma intensidade feroz e ameaçadora, cintilavam com calma, solidez e persistência, semelhante à luz cálida de uma vela ou ao brilho de um vaga-lume. Havia uma tranquilidade e seriedade novas que ela nunca tinha visto. Se antes Ranhee poderia compará-lo a uma garrafa de champanhe, que estoura ao ter a rolha retirada, naquele momento lembrava mais um vinho forte. Por reflexo, Ranhee evitou olhar nos olhos de Seonggon, que se portava de modo sério e discreto.

— Como você está? — perguntou Seonggon.

— Bem.

Ranhee começou a tossir de propósito. Não queria fazer parecer um diálogo entre um casal separado.

— Prometo que vou ser rápido.

— Hum, certo. Estou sem tempo mesmo.

Seonggon hesitou, então divagou durante um tempo, contando tudo que havia lhe acontecido nos últimos tempos.

Era nítido que Ranhee não estava interessada, mas escutou com atenção. Seonggon estava morando numa quitinete em um prédio tipo *officetel*, trabalhando como entregador e planejando começar um novo projeto.

— Vá direto ao ponto — cortou Ranhee, num tom severo. Ela tocou o celular para ver as horas e acrescentou:
— Rápido.

Seonggon se encolheu diante da rispidez de Ranhee, em seguida coçou a cabeça e se pôs a falar de uma tacada só.

— Bem, o que eu quero dizer é que tive uma ideia... e queria que você fosse a primeira a saber.

— Por quê? Você nunca fez nada do que eu sugeri mesmo... — retrucou Ranhee.

Seonggon sempre pedira a opinião da esposa, mas dava no mesmo, porque ele tomava as decisões sozinho. Sobre todo e qualquer assunto.

— É melhor você pedir conselhos para alguém que saiba mais do que eu. Não era você quem vivia me criticando por não ter noção de nada?

Seonggon coçou a cabeça.

— Ah, é que... não sei como isso vai soar, mas eu conheço você há mais de vinte anos. Então, mesmo que eu tome as decisões, sua opinião é muito importante para mim. Me ajuda a estabelecer critérios para as escolhas que vou fazer.

— Quanta bobagem...

Seonggon recuou. O controle daquela conversa estava nas mãos de Ranhee, e ela não desistiria.

— Você conhece Haruki? É um escritor. A primeira pessoa para quem ele sempre mostra um trabalho finalizado é a esposa. Mesmo que os editores façam alterações todas as vezes, a esposa continua sendo a mesma pessoa, então a referência dele é a opinião dela.

— Eu ainda sou sua esposa? — perguntou Ranhee, inclinando a caneca de café para um lado e para o outro. Legalmente, ela e Seonggon ainda eram casados.

Seonggon passou a língua pelos lábios e franziu a testa. Ranhee o encarou. Normalmente, ele se embevecia nas próprias palavras, saía tagarelando e não largava o osso de jeito nenhum, estivesse Ranhee escutando ou não. Porém, naquele dia, sua postura permaneceu um tanto cautelosa e abatida, mas ainda com um ar de seriedade.

— Diga o que quer dizer — acrescentou ela, e então deu um gole no café. — O mais rápido possível.

O rosto de Seonggon se iluminou. Quando ele se inclinou para a frente, Ranhee instintivamente recuou, como um lutador de boxe desviando de um *uppercut*. Constrangido, Seonggon logo começou a falar.

Ranhee, que um pouco antes estava indiferente a tudo aquilo, prestava atenção nas palavras de Seonggon. O que ele dizia era diferente de tudo o que dissera antes. Falava de algo em que todos pensavam, de que todos precisavam, mas em que poucos persistiam. Conforme Seonggon explicava, Ranhee se viu na história dele. *Eu também já passei por isso; todos nós já passamos*, pensou ela. Mais de uma vez, Ranhee se pegou concordando com a cabeça.

Quando Seonggon enfim terminou de falar, recuperou o fôlego, ergueu as sobrancelhas e sorriu, como se tivesse acabado de fazer uma apresentação decisiva na frente de alguém muito importante. Custou a Ranhee acreditar que o marido estivesse falando com tanto cuidado e, ainda assim, com tamanha convicção.

— Mudar... — começou ela, em voz baixa, mas travou ao pronunciar aquela palavra tão comum, mas tão complexa ao mesmo tempo. — Então esse projeto é para quem quer mudar alguma coisa?

— Isso.

— Acho que você conseguiu colocar um pouco de alma nisso, né?

Ranhee torceu os lábios, mas Seonggon sorriu feito uma criança que acabara de receber um elogio.

— Não parece má ideia, já que tanta gente deseja mudar alguma coisa. Até eu — acrescentou ela, mesmo que num tom mordaz.

Percebeu que talvez não conseguisse se livrar do tom de ironia se continuasse falando, e não tinha a menor intenção de permanecer sentada ali com Seonggon por muito mais tempo, então se recompôs e agarrou a alça da bolsa.

— Se for só isso, então acabou, certo?

— Obrigado. Foi bom ouvir sua opinião! — respondeu Seonggon, lançando um olhar gentil na direção dela.

Ranhee se apressou a evitar o olhar dele. Estava desconcertada por tê-lo reconhecido, por ter vislumbrado o homem que um dia amara.

Ao sair da cafeteria e caminhar por um quarteirão, Ranhee se virou e olhou na direção do prédio onde estivera havia pouco tempo. Seonggon continuava lá. Naquele dia, definitivamente havia algo diferente nele.

Ela não gostou da complexidade do que estava sentindo. Quando pensava nas rugas que Seonggon lhe causara no corpo e no coração, sentia vontade de deixá-lo no passado e seguir em frente. O peso que ela havia acumulado era demais para ser revertido. Na verdade, Ranhee tinha se esforçado para esquecer Seonggon, e conseguira, pois estava bem satisfeita sem a presença dele em sua vida. Tinha um emprego novo, um salário modesto, mas regular, pequenos sonhos e uma coragem que apenas começava a se manifestar. Achou que seria um caminho tortuoso, mas a vida acabou seguindo o próprio rumo, e Ranhee estava construindo um caminho bem mais significativo do que jamais tinha esperado. Por isso, não sentia a menor vontade de reestabelecer os laços com o homem que ainda era seu marido apenas no papel.

Ainda assim, como sua antiga companheira, Ranhee fez um único desejo de todo o coração.

— Espero que dê tudo certo.

Sua voz inaudível flutuou no ar abafado do meio-dia.

34

Depois de se despedir de Seonggon, Ranhee foi até a porta da escola buscar Ayeong. Ficou desolada ao ver o rosto cansado e os ombros caídos da menina. Ela e Seonggon eram os culpados pelo abatimento de Ayeong. Ranhee sentiu calafrios ao se lembrar dos tumultos que a menina tinha presenciado, enquanto ela e Seonggon seguiam inflamados pelas próprias emoções, sem conseguir parar de discutir mesmo quando Ayeong começava a chorar. Para Ranhee, ambos eram cúmplices naquilo, por isso não comentou nada quando se aproximou da adolescente, apenas lamentou em silêncio.

— Está cansada? Quer ir comer um gamjatang? — perguntou Ranhee, com o rosto cheio de expectativa, apesar de não ter esperança.

— Pode ser.

Por algum motivo, a resposta tinha sido positiva. Ranhee ficou feliz por ser dia do pagamento e por ter feito o convite, mesmo esperando ser rejeitada.

Pouco depois, mãe e filha se sentavam com as pernas esticadas num pequeno restaurante de gamjatang. Frequentavam o local desde que Ayeong era pequena, e Ranhee ainda se lembrava com carinho de quando punha a menina para dormir numa almofada no chão e dividia uma garrafa de soju com Seonggon. Conforme Ayeong foi crescendo e desenvolvendo um amor por gamjatang, o local se tornou o preferido da família, até que pararam de ir com tanta frequência depois que Seonggon se mudou.

Ranhee fez um carinho na perna pálida e comprida de Ayeong. A menina estava calada demais; desde que chegara à adolescência, o normal seria ter olhado feio para Ranhee e mandado a mãe parar de encostar nela, não aceitando nem mesmo um cafuné, mas ela devia estar muito cansada naquele dia. Sempre que Ranhee tentava conversar com a filha, Ayeong pensava ser gente grande e a tratava com frieza, mas, em momentos como aquele, era só uma garotinha que se rendia ao afago da mãe.

— As coisas estão muito difíceis? — perguntou Ranhee.

Ayeong tinha acabado de passar cinco horas no cursinho de matemática. Por mais que soubesse que os estudos não eram mais a única forma de ganhar a vida, Ranhee desconhecia outra alternativa. Além do mais, dizia ela, sem saber matemática nos dias atuais, era impossível ir para a faculdade. Mas será que as pessoas precisavam mesmo de tanta matemática assim no dia a dia? Para ser sincera, nem a própria Ranhee sabia o que estava dizendo. Tinha a impressão de que as provas de vestibular costumavam ser mais fáceis antigamente, mas as coisas haviam mudado, e ela se sentia confusa com o que ouvia sobre o sistema de admissão. Atormentava-a pensar que pudesse estar forçando Ayeong a um sistema com o qual ela nem concordava e a pressionando para ser diligente e meticulosa, que nem todas as outras pessoas. Na melhor das hipóteses, Ranhee era uma mãe normal e exigente que diria "Eu sei que é difícil, mas você precisa se esforçar" e, se Ayeong estivesse cansada, não pensaria duas vezes antes de dizer "E daí? Você não é a única. Todos têm suas dificuldades. Você está reclamando de barriga cheia".

Ranhee fitou a tigela de gamjatang borbulhante, imaginando o porquê de a vida ser tão escassa, insossa e feiosa quanto o repolho que nadava dentro do prato sob a luz florescente, quando um murmúrio escapou dos lábios de Ayeong:

— Mãe, você acha que a gente pode mudar nossa vida ou nosso destino?

Ranhee estava prestes a perguntar o motivo da curiosidade, mas decidiu trocar a abordagem.

— Sim, só depende da pessoa. — Ela não tinha certeza de nada, mas não se esqueceu de acrescentar: — Somos nós quem fazemos nosso próprio destino.

Ayeong suspirou.

— Eu acho que não. Sinto que estou fazendo tudo errado. Como se o caminho já estivesse traçado e, não importa o quanto eu me esforce, nada fosse mudar. É como se eu fosse um produto numa linha de produção. Já tenho até rótulo, mas é difícil demais enxergar o final, então fico só alimentando as esperanças em vão, até receber o rótulo que já estava previsto desde o começo.

Ranhee sentiu uma pontada de dor no coração ao escutar a filha, cujo comentário a pegou desprevenida. Como era possível que uma aluna do segundo ano já estivesse pensando essas coisas? Era difícil discordar dela, mas, por ser mãe, Ranhee não queria dizer que a filha estava certa. Queria ser o tipo de mãe que oferecia um ponto de vista diferente.

— Todos os seus amigos pensam do mesmo jeito?

— Óbvio.

— E você concorda?

Devagar, Ayeong endireitou o corpo e mergulhou as folhas de gergelim no caldo salpicado de gergelim torrado.

— Não sei. Mas acho que eu me sentiria um pouco melhor se só desistisse de tudo de uma vez.

— Por que desistir sem tentar?

— Porque o resultado já está óbvio e tentar é inútil.

Ayeong olhou diretamente para Ranhee, como se quisesse dizer que os pais lhe deram um bom exemplo do que ela quis dizer. Ranhee se forçou a ser forte, como era esperado de uma mãe.

— Mas, meu bem, será que você não está dizendo isso porque também deseja uma mudança?

— Eu? — Ayeong deu uma gargalhada. — Que mudança? E como? Só estou dizendo que acho que não vai dar certo porque acho que não vai dar certo.

— É só uma ideia.

Ranhee abriu a boca, lembrando-se da conversa que tivera com Seonggon à tarde.

— Se eu disser que mudar um pequeno hábito ou comportamento pode mudar sua forma de pensar e acabar mudando sua vida, você acreditaria em mim?

— Não.

Ranhee sentiu-se desencorajada pela resposta afiada de Ayeong, e a conversa cessou. Ranhee tinha perdido o apetite, mas Ayeong, apesar dos comentários autodepreciativos, continuou a comer até limpar o prato. Foi só depois do terceiro prato que Ayeong de repente decidiu falar.

— Pensando melhor, acho que você tem razão, mãe. Acho que todo mundo deseja uma mudança.

— É?

— Uhum. Mas todo mundo acaba desistindo. Pensei nisso enquanto comia; pela forma como falei, deve ter parecido que eu só estava reclamando. Só é chato estar cheio de esperança no começo para depois as coisas darem errado e você achar que foi uma idiota. Eu prefiro ser cínica de uma vez e dizer que nada vai dar certo, assim fico um passo à frente.

— E se houvesse alguém para apoiar você no caso de estar sendo difícil seguir seu caminho sozinha? Que tal ter alguém para acompanhá-la nessa mudança e torcer por você?

— Já existe isso. Tem várias salas de bate-papo abertas onde as pessoas convidam as outras para fazerem dieta ou correrem juntas.

— Você está usando salas de bate-papo abertas?

— Não!

A severidade da pergunta em "modo mãe" foi interrompida pelo deboche adolescente de Ayeong. Como se tentasse se recompor, Ranhee balançou a cabeça e deu um sorriso forçado.

— É um pouco diferente. Só me escute...

Ranhee começou a narrar tim-tim por tim-tim a história de Seonggon. Ela pôde entender por que Seonggon estava com aquela expressão no rosto; ele descreveu o plano com tanta empolgação que pareceu ser meio caminho andado. Quando Ranhee menos percebeu, Ayeong segurava a colher parada no ar e a escutava com atenção, com os olhinhos brilhando.

— Nada mau... Acho que as pessoas vão gostar.

— Acha? — perguntou Ranhee, contente.

— Mas essa ideia foi sua, mãe?

Ranhee fez uma pausa por um instante.

— Não, foi do seu pai.

Ayeong escorregou no assento.

— Vocês se encontraram?

— Pode parar...

— Você ainda o odeia? — perguntou Ayeong, fitando a caçarola de comida.

— Eu falei para não perguntar essas coisas, não foi?

— Sabia que não se pode proibir os filhos de fazerem perguntas? É o que todo psicólogo infantil anda falando.

— Um psicólogo infantil pode dizer o que quiser, mas quem manda em casa sou eu.

Ranhee abriu um sorriso. Ayeong também tinha um sorriso no rosto quando olhou torto para a mãe. Mas, ao pensar em Seonggon, sentiu uma pontada no coração outra vez. O homem que ela vira mais cedo parecia uma criatura de outro planeta. Uma espécie estranha e suspeita, com apenas poucos pedacinhos do Seonggon do passado dentro daquela casca do presente.

Talvez um pouquinho, pensou Ranhee, *só um pouquinho parecido com o homem por quem me apaixonei.*

Naquela noite, Seonggon ficou se revirando na cama até tarde, matutando sobre aquela nova ideia, quando a tela do celular se acendeu com uma mensagem de texto de Ranhee.

"Parece promissor. Ayeong concorda. Não precisa me responder."

35

Ao ler a mensagem de Ranhee, Seonggon sentiu uma onda de coragem o invadir. Por mais que, na atual situação, não pudesse considerar que ele, a filha e a esposa fossem uma "família", percebeu como era reconfortante e animador receber o apoio e o incentivo de Ranhee. Enquanto trabalhava, isso o fez admirar ainda mais os casais que administravam restaurantes juntos, e Seonggon sentiu que seu serviço de entregar as refeições na casa das pessoas era recompensador.

Ler o nome de Ayeong na mensagem de Ranhee o fez sentir-se tão bem que ele decidiu tomar uma atitude que estava postergando havia muito tempo.

Os alunos já atravessavam a rua em frente à escola para voltar para casa. Uma garota pequena, acompanhada de uma amiga, chamou a atenção de Kim Seonggon. Ele nunca deixaria de notá-la na multidão; o rosto radiante com um sorriso amplo enquanto conversava com a amiga. Uma sensação de alívio tomou conta dele; por mais sombria que fosse a vida dela enquanto estava sob o mesmo teto que os pais, vê-la sorrir daquele jeito com os amigos fazia Seonggon se sentir melhor.

No momento em que Ayeong fez contato visual com ele, seu rosto ficou severo e o sorriso desapareceu em um segundo, como se ela tivesse apertado um botão. Uma reação já esperada, mas, ainda assim, desconcertante e embaraçosa. Seonggon entendia, ela não queria vê-lo, sentia vergonha do pai ali. Como se tivesse dado de cara com uma monstruosidade, Ayeong acelerou o passo, agarrando o pulso da amiga, que deve ter suspeitado de alguma coisa, pois olhou para trás, na direção de Seonggon. Ele a conhecia bem; era uma garota que costumava ir à casa deles durante a infância. Ela acenou para ele e olhou para Ayeong, cuja expressão parecia magoada, como se um segredo seu tivesse sido exposto. Depois de sinalizar que iria na frente, a amiga se despediu e desapareceu; Ayeong, então, se virou para ele com um olhar cheio de veneno.

— Por que você veio até aqui? Que vergonha — disparou Ayeong, antes que ele pudesse cumprimentá-la e perguntar como ela estava. Apesar de murmuradas, as palavras foram dolorosas de ouvir.

— Desculpa... eu vou embora. Corre para alcançar sua amiga — disse Seonggon.

No entanto, Ayeong não saiu do lugar, só fez movimentos circulares com a ponta do sapato no asfalto.

— Já que veio até aqui, compra um tteokbokki para mim...

Seonggon mordeu o lábio para impedir que um sorriso se espalhasse por seu rosto ao ouvir aquele comentário descontraído.

Ao lado do restaurante de gamjatang, o botequim era o lugar preferido da família para ir almoçar. O dono era um senhor tão velho quanto Seonggon se lembrava, e o segredo do sucesso de seu estabelecimento era nunca fingir conhecer os clientes. Não importava a frequência com que iam ou o quanto pediam, nem se era a primeira vez que os via ou se os conhecia há um século, ele sempre os tratava igualmente. Mesmo se um cliente passasse muito tempo sentado à mesa, o idoso nunca dizia uma palavra sequer, e a rotatividade das mesas era espontânea, com os clientes se levantando quando lhe dessem na telha e os que aguardavam olhando para eles com impaciência. Por isso, em vez do nome real, Botequim Mujigae, as pessoas costumavam chamar o local de Botequim Starbucks. Sentados num dos cantos do Botequim Starbucks, Ayeong e Seonggon saboreavam os longos e finos rolinhos de massa de arroz, de gosto ao mesmo tempo apimentado e doce.

— Pare de olhar para mim, está me deixando com vergonha — disse Ayeong para Seonggon, que a encarava cheio de orgulho. Ela havia crescido tanto...

— Está bem. Vou terminar de comer e já vou embora. Eu só estava passando pelo bairro.

— Hum, por que um pai falido viria até aqui para ver a filha? — murmurou ela.

Seonggon baixou o olhar, em silêncio.

Contudo, depois de se empanturrar de tteokbokki, o humor de Ayeong pareceu dar uma melhorada, e seu tom de voz ficou mais tolerante.

— Fiquei sabendo do seu projeto. Achei interessante.

— É mesmo?

Ayeong fez que sim com a cabeça, indiferente, e olhou para Seonggon.

— Foi ideia sua?

— Foi. Por quê?

— É que não combina muito com você... Aliás, hoje você está bem diferente do pai que eu conheço.

— Como assim? O que você acha que está diferente em mim?

Ayeong inclinou a cabeça de um lado ao outro.

— É só impressão. Por fora e por dentro também...

— Deve ser porque eu tirei a barba... de qual pai você mais gosta? Ou qual acha que é o melhor?

— Que pergunta é essa? Nenhum dos dois — retrucou Ayeong, com frieza. — Mas esta versão é melhor que a anterior. Aquela estava indo de mal a pior, mas quem sabe esta não veio com alguma inovação...

Seonggon deu risada, a mais alta e espontânea dos últimos tempos.

Após saírem do botequim, nenhum dos dois falou mais nada durante o trajeto até a escola de Ayeong.

— Ayeong, como eu faço para ver você de novo? — perguntou ele, logo antes de se despedirem.

— Que infantil, pai. Não faz pergunta complicada para sua filha.

Seonggon assentiu às palavras de Ayeong. Ele tinha esperanças de que, da próxima vez, os dois pudessem se encontrar como uma família completa.

36

No caminho de volta para casa, contendo uma vontade incontrolável de cair na gargalhada, Kim Seonggon decidiu passar pela rua onde ficava o instituto. Ele se aproximou de Park Shiryeong e falou numa voz animada:

— Sei que vai parecer loucura, mas minha vida ficou um pouco melhor por sua causa.

— Por minha causa?

— Você me deu uma dica de ouro, por isso preciso agradecer.

Park Shiryeong sorriu e disse que estava feliz por ele. Então semicerrou os olhos feito um professor rigoroso.

— Vou dizer mais uma coisa; você precisa tomar cuidado com isso.

— Com o quê?

— As pessoas são teimosas e mais inflexíveis do que uma pedra, e tendem a voltar para o que eram antes. Quando você pensa que conseguiu mudar de vida, volta tudo ao que era antes. Sabe por quê? Porque é mais fácil. É muito raro alguém se encontrar nesse estágio. Você precisa seguir o caminho inteiro até chegar no final para ficar um passo além de quem era no início.

Park Shiryeong lançou o comentário enigmático e se dirigiu até os alunos que acabavam de sair do prédio.

Kim Seonggon não deu ouvidos; na verdade, estava arrependido de ter expressado sua empolgação a Park Shiryeong. Só queria sentir um pouco de felicidade.

Mas, naquela mesma noite, como se fosse uma facada nas costas de sua pequena alegria, a primeira investidora para quem Kim Seonggon enviara uma proposta desdenhou dele e lhe deu uma resposta negativa. Seonggon já esperava, mas, ao mesmo tempo, sentiu uma pontada de decepção, pois meio que tinha alguma esperança também. Estava acostumado com aquele tipo de decepção deprimente.

— Acho que não era para ser — murmurou ele, após soltar um suspiro profundo. — Tudo bem.

Enquanto seu eu do passado teria ficado nervoso sob todo aquele estresse e pressão, Kim Seonggon levou numa boa e controlou suas emoções. Queria manter o bom humor, não importava o resultado. Do mesmo modo que o dono do Botequim Starbucks, com seu adeus nem caloroso nem gélido, Seonggon se despediu com neutralidade da primeira resposta a seu novo desafio.

37

Porém, depois de quatro rejeições em duas semanas, era natural que até o coração mais endurecido se partisse e que as dúvidas começassem a surgir. Kim Seonggon se sentiu desencorajado. Mesmo assim, sua determinação não desapareceu, nem ao menos diminuiu.

Kim Seonggon recebera o apelido de "João Bobo" por sempre continuar de pé, mesmo quando deveria desistir. Se esse era o motivo para tantos fracassos em sua vida, ele não sabia dizer, mas, dessa vez, não queria parar no meio do caminho. Ainda não era hora. A chama em seu coração ainda queimava com um brilho fraco, como uma vela que não se apagava.

Enquanto Seonggon refletia sobre suas perguntas sem respostas, Jinseok se aproximou. Tinha acabado de encerrar uma transmissão online, gravada no próprio cantinho, e estava alongando o corpo de um lado para o outro.

— Chefe, sabia que você é um personagem? Tem até gente comentando que começou a malhar por causa do Seong-Urso — falou Jinseok, rindo.

— Seong-Urso? O que é isso?

Jinseok olhou perplexo para ele e, então, ergueu um dedo e apontou para Seonggon.

— Sou eu?

— Claro. Os inscritos do canal apelidaram você assim por causa da estampa de urso da camiseta que você usa.

— Eu nem apareci no canal.

Jinseok riu e indicou a parede.

— É porque aquilo apareceu.

Seonggon fitou as fotos tiradas para ele corrigir a postura, ainda penduradas na parede. Em todas, ele usava a mesma vestimenta: um conjunto apertado de moletom e calças de ginástica com estampa de urso nas mangas.

— Não foi de propósito, mas um dia, durante uma transmissão, alguém perguntou o que eram essas fotos na parede. Respondi que eram um registro do empenho do meu ex-chefe, e aí várias pessoas pediram que eu mostrasse as fotos mais de perto, aí eu mostrei, já que seu rosto não aparece nelas mesmo. O pessoal achou o máximo e ficou curioso, aí contei que nós dois fizemos isso juntos e falei um pouco de como você estava tentando mudar. Mais ou menos uma semana depois, alguém me perguntou "Como está a postura do Seong-Urso? Ainda reta?", e foi aí que você virou o Seong-Urso. Enfim, eu disse a verdade: que sua postura está tão reta que nós nem estamos mais tirando as fotos para confirmar. Muita gente respondeu então que isso era uma ótima ideia, e alguns queriam se desafiar a alguma coisa e ver até onde conseguiam chegar — falou Jinseok, sem fôlego, e acrescentou: — Se bem que a maioria dos comentários é perguntando a marca da roupa de urso.

Seonggon contemplou o apelido, "Seong-Urso", que era novidade para ele. Era incrível ter pessoas o apoiando e mencionando seu nome de trás das câmeras. No instante seguinte, uma ideia pipocou em sua mente.

— Ei, Jinseok, quantos inscritos você tem?

— Trinta e sete mil. Eu queria chegar aos cem mil, mas meio que empacou nessa quantidade.

Os olhos de Seonggon brilharam.

— Cem mil não significam nada, Jinseok, vamos pensar em pelo menos um milhão.

— O quê? — Jinseok arregalou os olhos.

— Mas, antes disso, vamos tentar passar de cinquenta mil nesta semana. O Seong-Urso vai ajudar você.

— Vou começar a transmissão ao vivo. Está pronto? — perguntou Jinseok, algumas noites depois, enquanto eles se sentavam lado a lado.

Seonggon fez que sim devagar, como um soldado prestes a defender a Terra de uma invasão alienígena. Jinseok abriu o canal e começou a falar com animação.

— Oi, pessoal! Como eu já avisei de antemão, hoje é um dia muito especial. Muita gente tem perguntado sobre o Seong-Urso, então hoje ele está aqui comigo para uma entrevista ao vivo. Seong-Urso, vem dar um oi para o pessoal.

Seonggon, curvado para não aparecer no vídeo, ergueu o corpo na frente da câmera. Estava usando o moletom com estampa de urso.

— Olá! Aqui é o Seong-Urso. Já que vocês ficaram curiosos, vamos revelar o nome da marca da roupa de urso, mas vocês precisam ficar até o final da live para descobrir!

Seonggon estava se saindo muito bem.

Pelos cerca de quarenta e cinco minutos seguintes, ele e Jinseok se empolgaram na conversa. Com uma desenvoltura surpreendente, Seonggon manteve a conversa fluindo até chegar onde queria, no momento certo.

— Eu nem tinha percebido que minhas fotos tinham aparecido sem querer aqui no canal, mas fiquei muito feliz de saber que as pessoas estão me apoiando. Quanto aos meus planos futuros, andei pensando sobre algumas mudanças pequenas, mas importantes. Na verdade, comecei meu próprio canal — continuou ele.

Seonggon finalizou com a apresentação de seu próprio canal do YouTube, criado nos dias anteriores com a ajuda de

Jinseok. Ao final da live animada, Seonggon soltou um suspiro profundo e se dirigiu a Jinseok.

— Jinseok, acho que acabei de começar uma coisa…

— É o que parece.

Seonggon abriu um sorriso, idêntico àquele da foto que um dia enfeitou a entrada da pizzaria.

38

Andreas Kim Seonggon nomeou sua empreitada ambiciosa de Projeto Fio, e seu plano original era transformá-lo num aplicativo e lançá-lo oficialmente. A ideia era ser um programa interativo anônimo em estilo *matchmaking* para conectar desafios a apoios; um usuário poderia definir os próprios objetivos e mostrar seu progresso diário por meio de vídeos ou fotos, e os demais usuários que dessem *match* com ele poderiam enviar mensagens de incentivo.

A principal condição era garantir o anonimato dos usuários, o que iria requerer um programa robusto e uma equipe de gestão para bloquear com eficácia todos os efeitos secundários que pudessem surgir por se tratar de uma rede social. Mas sem capital suficiente, Kim Seonggon não tinha condições de colocar o plano em prática; por isso, decidira promover o projeto temporariamente por um canal do YouTube e reunir um pequeno grupo de participantes para uma espécie de teste beta.

Em seu canal do YouTube, Seonggon teve coragem o bastante para falar do próprio passado. Contou como havia chegado ao fundo do poço, o objetivo que escolhera para sair do buraco, o trabalho incansável para endireitar a postura, os pequenos e insignificantes novos objetivos que foi traçando e o apoio que recebeu da família. Em outras palavras, o Projeto Fio começou com ninguém menos do que o próprio Andreas Kim Seonggon.

— O sucesso não precisa se resumir a um resultado incrível. Nós superestimamos tanto o sucesso que ele acaba nos intimidando. Basta dar um pequeno passo e seguir adiante a partir de então, o que por si só já pode ser considerado um sucesso. Pode ser até que você tenha escutado isso antes. O que quero sugerir é que a gente vá junto, porque todos nós sentimos desespero e esperança na vida, e todos queremos nos agarrar a alguma coisa, seja ela um fio, por mais fino que seja, que nos ajude a sair da situação atual. Acontece que você precisa escolher a qual fio se agarrar, porque um fio escolhido por outra pessoa pode arrebentar assim que você encostar. Este projeto serve para que você vá juntando fios que se transformem em uma enorme corda salva-vidas que o ajude a subir até a superfície com dignidade.

Kim Seonggon explicou os detalhes do projeto, em que receberia as histórias por e-mail ou pelos comentários, escolheria algumas e conectaria seus donos a pessoas que os auxiliariam e dariam seu apoio ao longo do desafio. Apesar de não ter a menor ideia de qual seria o resultado, sua voz ecoava potente e cheia de convicção. Ele conseguia sentir a empolgação daquele momento angustiante em que se coloca uma ideia no mundo, ainda sem saber como vai ser recebida ou qual será a reação. Seonggon se sentia alegre e orgulhoso, não importava o resultado.

Para sua surpresa, a seção de comentários começou a se encher de histórias de pessoas que desejavam se agarrar a fios, por mais finos que fossem. Seonggon nem imaginava como aquelas pessoas haviam ido parar no canal dele, mas a resposta superou suas expectativas. No meio de histórias sobre dietas, estudos, exercícios físicos, saúde, provas de vestibular, negócios e outros objetivos, a história de Kim Shian, uma mulher no início dos trinta anos, chamou sua atenção.

Faz três anos que não saio do quarto. Quando meu companheiro sofreu um acidente de carro na minha frente e meu pai se enforcou depois de uma falsa acusação de fraude, eu comecei a me fechar num casulo porque tudo parecia perigoso e aterrorizante. Então, antes que eu me desse conta, o mundo tinha virado as costas para mim, e vice-versa. Já tomei medicação, já tentei diversas coisas, pedi ajuda a instituições de serviço social para organiza-

rem tudo o que está empilhado na minha casa, mas só consigo sair se alguém segurar minha mão. Nunca consigo fazer isso sozinha. Quando vejo, já estou de volta no meu quarto escuro, escondida em meio à bagunça.

Mas eu ainda quero sair, ainda quero sentir que o mundo continua sendo um lugar onde é possível viver, como era antes. Quero mudar, mesmo que não diga isso em voz alta. Fico tão nervosa e com tanto medo que não tenho coragem de dizer que quero mudar, temendo que tudo dê errado de novo, então desisto de tentar. Meu objetivo é simples: só quero dar três passos por dia e, quem sabe, ir aumentando a quantidade até que por fim esses passos me levem de volta ao mundo.

Seonggon escolheu essa história para encabeçar o projeto. Mensagens de incentivo começaram a jorrar na seção de comentários quando o relato de Shian foi ao ar, e Seonggon escolheu algumas pessoas para serem seus fiéis apoiadores e leu as mensagens delas durante a transmissão. O desafio de Kim Shian era dar três passos por dia, e todo dia ela mandava um vídeo de seu progresso para Seonggon, que os editava e postava no canal.

E assim começou o Projeto Fio.

39

Quinze dias após a divulgação de sua história, Kim Shian conseguiu sair do quarto e ir até a sala de estar. Mais ou menos nessa época, Seonggon recebeu um e-mail de alguém que até então era um borrão em sua memória.

Para surpresa de Seonggon, o remetente do e-mail era o garoto bagunceiro que ele conhecera na infância, Jacob Park Gyupal. Dizia que o nome de Andreas havia chamado sua atenção enquanto navegava pelo YouTube e perguntava se era o mesmo Andreas Kim Seonggon que ele havia conhecido. Pouco depois, os dois se encontraram na cafeteria do lado de fora do prédio da Nonet Korea, que reluzia de esplendor no meio da cidade.

Por incrível que parecesse, Gyupal se tornara o gerente da equipe de Apoio à Gestão da Nonet Korea e tinha dado uma reviravolta completa em relação à época da infância. Se a vida dele fosse um filme, o papel do Gyupal criança e adulto seriam tão diferentes que seria difícil imaginar que se tratava do mesmo personagem. A aparência dele também estava bem diferente do que Seonggon se lembrava. O corpo rechonchudo pareceu ter espichado; ele estava extremamente alto, a carne que enchia suas bochechas se retraíra e revelava um rosto angular, magro demais para a idade, com olhos grandes e brilhantes. No entanto, alguma coisa no comportamento e nos trejeitos dele fez Seonggon recordar-se do Jacob Park Gyupal da época de infância, ele só não sabia o quê.

Gyupal disse ter ficado impressionado com um vídeo do Projeto Fio que vira no YouTube e se ofereceu para ajudar no que pudesse. Ao falar, o orgulho que sentia de suas conquistas e de seu cargo na empresa ficava evidente. Quando Seonggon mudou o assunto para o passado e mencionou o dia da comunhão e a confusão com o vinho, Gyupal gargalhou e pediu desculpas. Também contou que usava o nome Jacob na pronúncia em inglês, o que fez Seonggon resgatar uma vaga presença em suas lembranças.

— Lembra da Julia? A Juhee.

Gyupal arregalou os olhou à menção do nome, então abriu um sorriu tímido.

— Não preciso lembrar. Eu a vejo todos os dias.

Gyupal mostrou uma foto de família no celular, e Seonggon reconheceu Julia Lee Juhee na hora. Sentada ao lado de Gyupal, que não se parecia em nada com o garoto que ele conhecera na infância, estava Juhee, exatamente do jeito como ele se lembrava, e ambos estavam abraçados a duas crianças parecendo versões mirins deles. Kim Seonggon ficou um tanto surpreso, mas logo abriu um sorriso caloroso. A vida era mesmo um mistério.

Gyupal voltou a tagarelar sobre o que fazia na empresa e como concretizava as vendas de um jeito bem pretensioso, quando Seonggon o interrompeu de repente.

— Se lembra de quando você disse que as pessoas nascem para comprar e vender umas às outras? Ainda pensa assim?

— *Why not?* É o que faz o mundo girar.

O rosto de Gyupal exibia a mesma expressão de quando os dois conversaram diante da estátua da Virgem décadas antes. De qualquer forma, o reencontro com Gyupal o fez se lembrar de uma verdade simples: uma pessoa consegue mudar por fora, mas não é sempre tão fácil mudar o que está dentro. Mesmo assim, logo Kim Seonggon ficaria cara a cara com alguém que havia mudado tanto por fora quanto por dentro: Cat, quem ele também reencontrou.

40

Ainda se lembra de mim?

Seonggon sentiu um baque estranho no coração ao ler o assunto do e-mail, apesar de já saber quem era a remetente. Encarou o número de telefone ao final da rápida saudação. Por algum motivo desconhecido, demorou um pouco até que conseguisse discar o número e escutar a voz de Cat do outro lado da linha, e demorou ainda mais para que tomasse coragem de encontrá-la. Uma hesitação anormal — sentimentos conflitantes a respeito do tempo que passou — bloqueava o caminho. Mas Seonggon desejava rever Cat; desejava rever Cha Eunhyang.

No momento em que botou os olhos nela, entendeu o motivo da hesitação. Infelizmente, o maior medo de Seonggon se confirmara: a alegre e espontânea Cat estava envelhecida, e ele precisou fingir não perceber as cicatrizes e marcas do tempo naquele rosto outrora tão radiante.

— Como vai, Andreas? — perguntou Cat, Catalina, Catherine, Cha Eunhyang, com a mesma voz alta e clara de antes.

Quando Cat imigrou para Dallas, nos Estados Unidos, a tragédia ficou à espreita feito uma mina terrestre. Ela enterrou os pais depois de um tiroteio no restaurante de comida coreana do pai e largou a faculdade. Casou-se muito jovem e, numa reviravolta do destino, seu casamento foi marcado por violência e infidelidade e terminou num divórcio arrastado. Mesmo assim, nada melhorou. Algo no corpo e na mente de Cat se quebrou para sempre. Ela, então, emigrou de volta para a Coreia do Sul e começou a dar aulas de inglês.

— Faz tempo que ando pensando nessa coisa chamada vida, Andreas — disse Eunhyang. Ouvir o nome "Andreas" depois de tanto tempo causou uma agitação indistinta no coração de Seonggon. — Se tudo o que aconteceu foi obra do destino ou resultado das minhas ações e dos meus pensamentos. Mas aí acabei percebendo que a vida é só algo que a gente precisa aceitar. É mais fácil assim. Minha própria vontade não serve para nada, então não tenho por que me incomodar. Só que, por mais que meu corpo crescesse, sempre achei que havia uma parte oca em mim. Aí recebi seu e-mail e assisti ao vídeo do seu projeto.

Sim, foi Seonggon quem tomou a iniciativa de enviar um e-mail a ela. Mais precisamente, o e-mail de Eunhyang ficara gravado na mente dele desde a época da faculdade. Um dia, Seonggon de repente se lembrou dela e lhe enviou o link do canal. Nunca nem sonhara que uma mensagem tão simples resultaria naquele reencontro, depois de vinte e sete anos.

As palavras de Eunhyang o fizeram refletir. Será que a vida era o resultado de alguma ação ou um simples guia até uma trilha desconhecida? Ele também não sabia a resposta àquela pergunta.

— Andreas, acho que ainda existem alguns botões esperando para florescer no seu coração. Acho que também tive alguns em algum momento... mas agora não sei onde foram parar. O que quero é simples: que a vida caminhe na direção que eu escolher, só de vez em quando. Quero estar no assento do motorista e deixar que a vida venha um pouquinho na minha direção; quero controlar o volante, não ser arrastada por ventos que mudam de direção quando bem entendem. É um grande objetivo, não é? O que você propõe no seu projeto são coisas menores, mais simples e fáceis de alcançar...

Por um instante, Cat fez uma pausa, antes de tirar a expressão melancólica do rosto e abrir um sorriso.

— Olha que engraçado: eu não sei dirigir, o que é meio impressionante se a gente pensar na imensidão dos Estados Unidos. Na verdade, eu presenciei um acidente de trânsito quando era criança e, depois disso, fiquei apavorada de pensar no que poderia acontecer quando eu estivesse no volante. As coisas ruins que aconteceram comigo desde então, tanto as pequenas quanto as grandes, alimentaram esse meu medo. Já fui largada no meio de uma estrada deserta depois de brigar com meu ex-marido e precisei voltar para casa pegando carona. Tive que trocar de carro cinco vezes.

Seonggon a olhou espantado, então disse:

— Se a vida for como dirigir, por que não aprender a dirigir e fazer isso em um carro de verdade? Pelo menos, o carro pode ir na direção que você escolher, à velocidade que você escolher, pode parar e acelerar na hora que você quiser.

Cat apoiou o queixo na mão devagar e olhou para Seonggon.

— Já considerei fazer isso antes, mas esta é a primeira vez em um bom tempo que penso a respeito.

Eunhyang, Catalina, Catherine, Cat sorriu.

Uma semana depois, Seonggon recebeu uma mensagem de texto de Cat, dizendo que havia decidido se aventurar ao volante. Era uma foto dela dentro de um carro, sentada no banco do motorista durante a aula de direção; o polegar levantado com firmeza.

Andreas, espero que seus planos deem certo da forma como você deseja. Eu também vou tentar me reerguer, até que meus fios se transformem numa corda salva-vidas, ou melhor, até que eu seja alçada por uma corda salva-vidas!

Ao ler a mensagem de Cat, Seonggon teve a impressão de que a energia alegre e revigorante que ela um dia exalara havia retornado.

41

Além desses reencontros inacreditáveis, estavam acontecendo mudanças pequenas e grandes na vida de Kim Seonggon. O número de inscritos em seu canal do YouTube crescia sem parar e as pessoas cujas histórias ele tinha selecionado estavam cada vez mais próximas de alcançar os próprios objetivos, com o apoio dos demais usuários.

Kim Shian, a autora da primeira história, tinha começado com três passos e agora conseguia ir da porta da frente até a rua sozinha. O vídeo em que ela dava seus passos, sem mostrar o rosto, recebeu uma chuva de comentários encorajadores.

A postagem dela, intitulada "Passos", recebeu o apoio de várias pessoas.

Eu costumava desistir na fase do planejamento por não acreditar que teria sucesso, mas a experiência de dar meus passos desajeitados até sair de casa, com o apoio de tanta gente que nem me conhece, é algo que eu não trocaria por nada.

Agora eu estou deixando o Projeto Fio e, depois de um tempo, pode ser que eu volte a me esconder no quarto, mas tive coragem de tentar uma vez e acho que consigo de novo. Da próxima vez, vou mesmo sair sozinha, sem ajuda. Muito obrigada por me ajudarem a dar esses grandes passos e pela sua solidariedade comigo, que não sou ninguém.

Seonggon ficou emocionado com as pequenas vitórias de Kim Shian. Além dela, outras histórias incluíam um homem que havia se afastado da esposa por causa da falta de comunicação, que enviou a ela uma mensagem curta todos os dias até o momento em que segurou suas mãos outra vez; um desenvolvedor cujo sonho era se tornar pintor, que durante o tempo livre inscreveu seus quadros numa competição internacional; e a gerente de uma agência bancária que roía as unhas sem parar desde os quatro anos e agora postava uma foto das unhas crescendo a cada dia. Um a um, modestos, mas necessários, registros de planejamento e ações eram atualizados.

Nesse tipo de mudança, as pessoas poderiam olhar para si mesmas do jeito que eram e se movimentar para chegarem a um estágio um pouco melhor, a um passo do retorno à vida normal. O objetivo do projeto não era o sucesso, mas a tentativa e a comprovação da mudança por si só.

O contrário do sucesso é o fracasso,
mas o contrário da mudança é não fazer nada.
Agarre-se aos seus fios e suba até a superfície!

Essa era a apresentação da ideia de Seonggon no canal. Mas as limitações estruturais eram evidentes, e ele precisava agir antes que o número de participantes crescesse demais. O principal motivo para Kim Seonggon precisar de investimento era criar uma rede especializada com moderação movida por inteligência artificial, pois, se continuasse no YouTube, ele corria o risco de ter a ideia roubada. De várias formas, Seonggon precisava do investimento de alguém, e de alguém com dinheiro.

Numa noite, depois que Seonggon recebeu mais de dez mensagens dos usuários do projeto, reescreveu a proposta de investimento com um registro sobre o teste beta incluso. Quanto mais escrevia, mais extasiado ficava com as infinitas possibilidades daquele projeto, que poderia se estender para além da esfera individual para honrar, resgatar e alcançar a humanidade a nível corporativo e social.

Esse tipo de agitação costumava fazê-lo decolar feito um foguete, mas, daquela vez, a sensação era diferente. Kim Seonggon sentia um frio na barriga suave, contido. Antigamente, só desejava melhorar a própria vida, mas agora sonhava em mudar a vida de outras pessoas.

Andreas Kim Seonggon ainda estava longe de alcançar o padrão de sucesso que um dia definira para si mesmo.

Também havia momentos de frustração e ansiedade, mas, nessas horas, ele endireitava os ombros e tentava sentir o mundo plena e totalmente. Tal atitude ajudava a recalibrar suas emoções.

Jinseok continuava a compor entre uma entrega e outra e montou uma banda, com um som no estilo dos anos 1980, acompanhado por alguns conhecidos da internet. A banda se chamava Meio-período, pois a música não era a profissão principal de nenhum dos membros, que lutavam para conseguir lançar o primeiro single. Jinseok passava as noites compondo canções na quitinete e, aos poucos, começou a frequentar um estúdio junto com os colegas da banda.

Em silêncio, Seonggon torcia por Jinseok ao observar seu sonho juvenil tomar forma no espaço criado por ele num dos cantos da humilde quitinete. Jinseok e ele ainda estavam debaixo da sombra, mas as brincadeiras ocasionais e o olhar dos dois em direção ao futuro eram tão claros e deslumbrantes quanto se estivessem sob o sol.

Assim, Andreas Kim Seonggon continuou pedalando dia sim, outro dia também, num trabalho que ninguém mais queria fazer, para levar as refeições até as pessoas.

Queria que os donos dos restaurantes fossem sinceros e se aprimorassem em sua culinária, em vez de ficarem desejando ter sorte.

Queria que todos os outros entregadores na face da terra permanecessem em segurança. E que quem fosse receber os pedidos se alegrasse com uma refeição quente.

Que todos espalhassem alegria pelo mundo.

E que quem recebesse essa alegria a passasse adiante para outras pessoas.

Dessa forma, Seonggon foi pensando cada vez mais alto, até se pegar desejando a paz mundial.

No entanto, sempre que esbarrava com o homem de meia-idade no espelho, um homem comum e lastimável, com uma proposta de investimento rejeitada sete vezes, ainda sentia vergonha de cumprimentá-lo.

A deusa do destino o observava com os braços cruzados, como se o testasse para ver até onde ele seria capaz de chegar. Kim Seonggon, alheio a isso, conseguia encarar um dia após o outro com a mesma mentalidade e com o objetivo de se tornar uma boa pessoa, de pouquinho em pouquinho.

42

No caminho de volta do trabalho, distraída, Ranhee abriu o canal do YouTube do marido. Havia se inscrito em segredo, pois sabia que Ayeong estava animada e apoiava os esforços do pai, por mais que não demonstrasse. Quando chegou à estação, levou um susto ao encontrar Seonggon parado ali e sentiu como se o tivesse invocado pela força do pensamento.

Seonggon caminhou lentamente na direção de Ranhee e lhe estendeu algo pequeno e amarelo, que Ranhee percebeu ser uma folha outonal. Uma folhinha pequena, de um tom amarelo-claro, como uma flor de sino-dourado recém-desabrochada, pincelada de verde. Ela se perguntou onde o marido havia encontrado aquilo no centro da cidade lotado, no meio do verão.

— É verão, e as folhas de outono estão nascendo — disse Seonggon, com serenidade.

— As folhas de outono estão nascendo? — perguntou Ranhee.

— Hum... — Seonggon pensou por um instante e acrescentou: — Para mim, é o que parece.

Ranhee pegou a folha e a examinou com cuidado, tal qual uma cientista. Então sua atenção se voltou aos olhos que a fitavam.

— O que está olhando?

— Você está muito bonita.

— Está brincando, né?

— Talvez.

— Um bilhão de dólares ainda não seria o suficiente, e tudo o que eu ganho é esta folha amarela?

— O amarelo parece ouro — respondeu ele, com um brilho no olhar meio contente, meio brincalhão.

Como a vida é cheia de mistérios, nesse dia, aconteceu algo que nenhum dos dois teria imaginado naquela manhã. Ranhee e Seonggon jantaram juntos, deram as mãos, se abraçaram, se beijaram e passaram a noite juntos. Ao acordar, Ranhee se sentiu muito culpada por ter se deixado levar e ficou angustiada ao pensar que havia, mais uma vez, voltado a uma situação que não desejava.

Seonggon estava num sono profundo, com as costas viradas para ela. Ranhee ficou aliviada por aquelas costas fazerem a gentileza de não darem atenção ao que seria constrangedor e doloroso de expressar cara a cara.

— Sabe, estou feliz por seus olhos não terem mais aquela chama de antigamente. Eu sempre ficava tensa porque seus olhos pareciam um vulcão em erupção, mas agora são como uma vela acesa — murmurou ela, estivesse ele ouvindo ou não, e começou uma declaração um tanto emotiva.

Menos para Seonggon do que para ela mesma, Ranhee refletiu sobre os próprios sentimentos ao presenciar aquela mudança no marido. Falou de toda a confusão e todo o medo que sentia, de como torcia por ele, mesmo que em segredo, e do que a família significava para ela. Enquanto isso, as costas impassíveis de Seonggon subiam e desciam num ritmo constante e regular. Ranhee fechou os olhos e continuou o monólogo. Então, quando abriu os olhos ao sentir uma repentina onda de energia, qual não foi o susto que levou ao ver o marido a fitando de volta. Seonggon a tomou nos braços.

— Ranhee... — murmurou ele. — Acho que estou vivo de verdade.

— Parece que sim.

Ela tentou levar na brincadeira, mas havia no rosto de Seonggon um olhar que nunca tinha visto. Era um olhar tão sincero que chegava a doer.

— Não, eu me sinto mesmo vivo, de verdade. Tudo me parece tão cheio de vida. Dá para acreditar que estou dizendo isso? Estar vivo é uma bênção.

As palavras de Seonggon saíram repletas de entusiasmo e emoção. Ranhee não quis estragar aquele momento, então só respondeu “também acho”.

E ela, na verdade, achava mesmo.

43

Quanto tempo será que a euforia de Kim Seonggon teria durado, e por quanto tempo mais ele teria aguentado, se o destino tivesse continuado lhe dando as costas?

Num momento dos mais oportunos, durante uma tarde em que Seonggon estava mais exausto que o normal, quando ele forçou as pálpebras caídas a se abrirem e sorriu para si mesmo na frente do espelho, uma bifurcação fatídica surgiu diante de seus olhos na estrada. Andreas Kim Seonggon deu a cara a tapa, escolheu um lado e tudo mudou.

O dia não começou bem: céu nublado e trânsito complicado desde a manhã. Não tinha nem dado a hora do almoço e Seonggon já estava a caminho da décima terceira rejeição.

Tinha se arrumado para sair e tirado o dia de folga das entregas, mas só o que ganhou foi uma recusa instantânea após uma reunião de dez minutos. A cada vez, Kim Seonggon se convencia de sua má sorte. A sensação era de que a chance de dar o grande salto não chegaria nunca.

Em vez de voltar à quitinete, Seonggon dirigiu até o ossuário onde descansavam os restos mortais de seus pais, nas cercanias da cidade. Permaneceu por um longo tempo diante do túmulo, como se em penitência, antes de voltar para o carro sem dizer uma única palavra de despedida. Seu coração estava apertado, e sua autoconfiança tinha desaparecido. Sentia-se pequeno e imprestável.

Porém, naquele momento, uma risada lhe escapou. Começou com uma risada horripilante até se tornar uma gargalhada. As ruas se abriam e o céu azul se alongava à frente de Seonggon, e ele se lembrou do que havia dito a Cat; pelo menos o carro que estava dirigindo seguia em linha reta. Era ele quem controlava o volante, e mesmo se a vida não seguisse conforme o desejo dele, Seonggon estava trilhando o próprio caminho. Isso por si só já era um motivo para sorrir.

Kim Seonggon sentiu orgulho de si mesmo por conseguir dar risada naquela situação e arriscou uma olhadela no espelho retrovisor. O homem no espelho estava com uma aparência ótima. Seu único arrependimento era não poder dividir aquele momento com alguém.

Foi então que um clarão lhe atingiu os olhos, seguido de um gigantesco impacto, e Kim Seonggon caiu, inconsciente.

* * *

Um zumbido estridente perfurava os ouvidos dele. Kim Seonggon abriu os olhos devagar. O cenário embaçado para além do para-brisa parecia uma teia de aranha. Havia um ônibus de turismo tombado na rua, próximo a um caminhão de uma tonelada e meia parado, e uma motocicleta desaparecia no horizonte. Kim Seonggon logo reconstruiu a cena mentalmente: o caminhoneiro deu uma guinada no volante para desviar da motocicleta, e o ônibus — que vinha atrás — colidiu com a mureta e tombou. O pensamento rápido de Seonggon, pisando no freio, foi o que o salvou de ser atingido, e seu carro apenas encostou na traseira do ônibus pouco antes do impacto.

Atordoado, Kim Seonggon se arrastou para fora do carro. O motorista do caminhão vomitava, caído no chão, e o ônibus soltava uma fumaça preta e densa. Dava para ver as pessoas lá dentro e, por mais que seu cérebro gritasse para que fugisse, ele rapidamente ligou para a equipe de resgate e instruiu as demais pessoas a se manterem afastadas. No entanto, o próprio Seonggon estava indo na direção do ônibus, que estava fechado e com as portas viradas para o chão. Presos do lado de dentro, os passageiros batiam nas janelas, como se aquilo fosse uma metáfora para a vida. Seonggon lembrou-se de Kim Shian, presa dentro do quarto sem conseguir dar um passo para fora. Quis provar mais uma vez que um único gesto poderia salvar uma vida. Então subiu na lateral do ônibus, pegou um martelo que alguém lhe estendeu e começou a golpear as janelas com toda a força. Três crianças foram as primeiras a serem resgatadas. Em seguida, puxou duas mulheres para que pudessem manter as crianças em segurança e, então, dois homens conseguiram sair e foram ajudá-lo. Sem se dar conta do sangue vermelho-escuro que escorria por seu rosto misturado ao suor, Kim Seonggon se empenhou junto aos demais para retirar as pessoas por aquela abertura estreita.

Ao todo, ele salvou dezesseis vidas naquele dia.

44

Tudo o que se seguiu aconteceu de modo surpreendente e muito rápido.

As pessoas daquela era precisavam de heróis. Queriam conhecer corações bondosos, que faziam o bem sem pedir nada em troca. Então, obviamente, quiseram transformar o homem que havia arriscado tudo para salvar os outros em um herói, para de algum jeito encontrar alguma esperança naquele mundo cruel. Depois da ampla divulgação daquele incidente quase catastrófico, o homem que aparecia nas filmagens da câmera do painel do ônibus começou a ser reconhecido por suas ações. Sua tranquilidade durante a entrevista, em que disse ter feito somente seu dever, deixou as pessoas emocionadas, e os meios de comunicação não perderam tempo em revelar sua identidade. Um portal publicou uma foto do adesivo colado no carro que o homem usava, com o logo do Projeto Fio feito à mão, e um cantor famoso postou mensagens nas redes sociais demonstrando seu respeito por aquele "pequeno herói". O nome de Kim Seonggon se tornou um dos assuntos mais comentados nas redes sociais e o número de seguidores de seu canal do YouTube atingiu níveis inimagináveis em questão de dias.

Seonggon deu entrevistas para diversos veículos e ganhou cada vez mais oportunidades de apresentar o Projeto Fio, e as pessoas se apressaram em clamar pelo sucesso daquele herói tão esperado por elas e de seu projeto oportuno e bem-intencionado.

Andreas Kim Seonggon tinha sido atingido por uma onda de sorte com tanta força que estava prestes a ser derrubado. Havia aparecido sete vezes em programas de televisão, dado catorze entrevistas e passado noites em claro comparando propostas e atendendo a ligações de investidores, inclusive de alguns que antes o tinham rejeitado.

Uma noite, ele dividia uma Coca Zero com Jinseok na quitinete quando foi tomado por uma espécie de deslumbre. Aquele era o último dia que os dois passariam no local, pois Jinseok começara a participar dos treinos da banda todos os dias e Seonggon se mudara de volta para a casa da família depois do encontro com Ranhee.

Os dois tinham ido até a quitinete para buscarem seus pertences. Estavam emocionados. Jinseok organizava o cantinho que havia se tornado seu esconderijo quando parou de repente.

— Chefe... o que você faz quando se esforça muito para alcançar um objetivo e, no fim, não dá certo?

Jinseok se preparava para o lançamento do primeiro single da banda, intitulado "Tum-tum". Para ele, a sensação era a de encarar o mundo pela primeira vez. Jinseok era um tagarela com Seonggon, com quem se dava bem, e em seu canal do YouTube, onde não precisava interagir com as pessoas cara a cara, mas se encontrar pessoalmente com os membros e coordenar a banda era um desafio para ele em vários sentidos. Jinseok já estava exausto antes mesmo de começar.

— Está com medo?

— Sim. Tenho medo de cometer um erro e fracassar, e tenho medo de que as pessoas me machuquem outra vez — confessou Jinseok.

Seonggon assentiu devagar.

— Vou dizer uma coisa, e quero que você preste muita atenção, porque só vou dizer uma vez. É impossível conseguirmos tudo o que queremos de uma vez, pois o mundo não é tão bonzinho e generoso assim. Mas não dá para desistir de imediato e, mesmo que você acabe falhando, precisa tentar até que alguma coisa seja feita.

— Até quando?

— Até o fim.

— E quando é que chega ao fim?

— Você vai saber. Ninguém vai precisar dizer para você, pois ou a situação acaba ou você se acaba, é um dos dois.

— E o que eu faço depois?

— Recomeçar. Exatamente do lugar onde você estiver.

— O quê?

— Recomece como puder. Com algo que você pode fazer sozinho, seja se exercitar, estudar, ler um livro... até mesmo corrigir a postura, que nem eu fiz. Algo que você possa definir para si mesmo e atingir sozinho.

Jinseok assentiu devagar e passou os olhos pela quitinete.

— Obrigado por todo esse tempo. Esse lugar foi um refúgio para mim.

— E agora é hora de voar, você e eu.

— É isso aí.

Os olhos de Jinseok brilharam, e ele sorriu. Seonggon começou a remover as fotos de sua correção postural da parede; um sentimento de modéstia aflorou em seu peito quando percebeu que uma atitude tão bobinha, quase insignificante, o levara tão longe.

Mas ainda não era o fim. Logo antes de retirar a última foto, Andreas Kim Seonggon recebeu uma ligação, e o toque do celular preencheu o ambiente como se fosse um aviso. Ele pegou o aparelho de cima da mesa; era uma ligação de Jacob Park Gyupal. Ao atender, o rosto de Kim Seonggon pareceu ter petrificado, e várias vezes ele murmurou "Claro..." ao longo da ligação antes de encerrá-la.

— O que foi? — perguntou Jinseok, inclinando-se para mais perto, desconfiado.

— Ele quer me encontrar...

— Quem?

Seonggon não conseguiu dizer uma palavra, somente forçar uma risada. Soltava o ar de tal forma que a impressão era de que iria desmoronar a qualquer momento.

— Comigo... ele quer se encontrar... comigo, ele... quer saber do projeto...

— Tudo bem, mas quem? — perguntou Jinseok.

— Glenn Gould.

45

Kim Seonggon entrou no prédio da Nonet, que consistia em uma combinação extraordinária entre a beleza natural e a criada pelo ser humano. A única coisa que ele por acaso já vira sobre a Nonet era o preço das ações, e nunca nem havia lhe passado pela cabeça que um dia acabaria entrando no prédio da filial sul-coreana para se encontrar com o fundador da empresa, que estava em uma visita-surpresa à Coreia do Sul. Seonggon mordeu a ponta da língua ao olhar para Gyupal, que já o havia cumprimentado; seu corpo todo parecia ter encolhido de descrença.

Atravessou a recepção e um lounge VIP que o lembraram de um hotel e subiu alguns andares num elevador de vidro. Depois de passar um bom tempo caminhando por todo aquele espaço branco sem nenhum motivo aparente, Kim

Seonggon avistou à distância uma mulher sentada num sofá, esperando por ele. Era Kwon Chayeon, diretora-executiva da Nonet Korea, que ele reconheceu de suas aparições no noticiário e na mídia. Com uma expressão confiante, como se já conhecesse Seonggon muito bem, ela se levantou para cumprimentá-lo. Após uma breve troca de cortesias, Kwon se afastou e o apresentou a uma pessoa sentada atrás dela.

O sorriso confiante, a atitude sem floreios, como se tivesse dado um copia e cola. Com o mesmo penteado que Seonggon vira na televisão. Um homem excêntrico que dizia administrar seus negócios mantendo-se sempre o mesmo. Aquele era Glenn Gould.

Naquele momento, o senso de irrealidade de Seonggon alcançou o nível máximo. A sensação de estar numa realidade virtual — que se agarrou a Seonggon assim que ele botou os pés no prédio — gritou no momento em que ele viu Glenn Gould. No entanto, sua decisão foi tirar partido daquela sensação improvável.

— Olá, eu sou Andreas Kim Seonggon.

Num inglês não tão bom, mas num tom confiante, Seonggon tomou a iniciativa e estendeu a mão. Glenn Gould a apertou e lhe deu um tapinha no ombro. A barreira entre os dois já havia sido derrubada e, pela expressão no rosto de Gould, Seonggon soube que havia passado pela primeira prova.

Gould disse ter se sentido motivado ao assistir a um vídeo de Kim Seonggon, que encontrara por acaso enquanto idealizava uma nova empresa de comunicação da Nonet. Gyupal se intrometeu para ressaltar que foi ele quem mencionou sobre Seonggon a Kwon Chayeon. A conversa fluiu naturalmente, e Seonggon ficou impressionado por conseguir entender quase tudo que Glenn Gould dizia, apesar de não ser fluente no inglês.

Pouco depois, dois chefs se aproximaram empurrando uma enorme mesa sobre rodinhas. Quando Seonggon percebeu, estava no meio de um almoço chique com Gyupal, Kwon Chayeon e Glenn Gould, saboreando pratos que nunca havia comido antes. Glenn o escutou com uma expressão séria, mas sorriu na maior parte do tempo, de vez em quando enchendo a taça de vinho de Seonggon, que estava sentado de frente para ele. Seonggon manteve a postura até o fim e, mesmo quando trouxeram as sobremesas, não parou de discursar sobre o Projeto Fio. De repente, Gould se cansou e balançou a cabeça.

— Você já falou bastante, né? Chega, me deixe comer minha sobremesa em paz.

A reação repentina fez Kim Seonggon calar a boca. Gyupal e Kwon Chayeon ficaram sérios. Ninguém disse nada por um minuto, e Seonggon se forçou a comer a sobremesa enquanto suportava o silêncio torturante. Glenn Gould engoliu o último pedaço do bolo de limão e enxaguou a boca com champanhe.

— Vamos trabalhar juntos nisso — disse ele.

— Como?

Seonggon ficou surpreso com a naturalidade no tom de voz de Glenn Gould, como se tivesse decidido por impulso. Essa não era a abordagem de investimento exigente que a mídia dizia ser característica dele. Gyupal e Kwon Chayeon não disfarçaram a surpresa, como se a decisão não tivesse sido discutida de antemão.

— Eu já estava convencido antes de conhecer você, e esta reunião foi só para confirmar minha convicção. Sua história é bem convincente e me deixou impressionado. Ah, mas se não quiser, não precisa aceitar, apesar de que seria muito melhor se você aceitasse.

Glenn Gould fez um gesto brincalhão para enfatizar suas palavras. Enquanto isso, Andreas Kim Seonggon esfregou a palma das mãos nas coxas para secar o suor e, então, com um grunhido, fez a pergunta que provavelmente colocaria tudo a perder.

— Mas por quê?

Gould o encarou chocado por um instante, então endireitou o corpo recostado na cadeira devagar.

— Vou contar uma história que nunca contei a ninguém. Uma vez, quando eu era criança, devia ter uns cinco ou seis anos, sem querer me tranquei no porão. Não tinha ninguém em casa, estava tudo escuro e eu só conseguia enxergar a silhueta de uma escada. Só que eu era muito novo e nem me passou pela cabeça que bastava subir aquela escada escura para sair à luz. Senti medo de me mover e fiquei encolhido por um tempo, até que uma ideia simples me ocorreu: eu precisava dar um jeito. O que fiz, então, foi isto: saí correndo na escuridão e subi a escada aos tropeços, e a porta se abriu, fácil assim.

Glenn Gould fez uma pausa momentânea.

— Até hoje, é um trauma que me faz tremer só de pensar. Eu me lembro dos monstros de poeira e dos fantasmas esbranquiçados que criei naquela escuridão assustadora e ainda sinto pavor quando eles aparecem nos meus sonhos de vez em quando. Mas a ideia de que preciso dar um jeito ainda rege minha vida. E você me lembrou de algo que ficou esquecido por um bom tempo. É sério, fiquei emocionado. Não existem muitas pessoas que nem você no mundo. Vários se tornam heróis por acidente, mas é raro e muito valioso encontrar quem persevere numa ideia e a transforme num empreendimento pelo desejo de compartilhar o que aprendeu com os outros. Suas ideias merecem causar impacto no mundo. Eu gostaria de ser seu amigo, ainda mais agora que me perguntou por que, com essa expressão desconfiada de quem acha que vai levar um golpe de algum vigarista.

Kim Seonggon baixou o olhar para o bolo à sua frente. Era um bolo de morango coberto com chocolate e salpicado de ouro em pó no formato de arco-íris, com um perfeito triângulo feito de calda de chocolate por cima. Encarou o bolo como se quisesse gravá-lo em sua mente. Aquele bolo se tornou o símbolo daquele dia.

46

Naquela noite, a caminho de casa, Kim Seonggon soltava um berro sempre que não havia alguém por perto, incapaz de conter a empolgação. Em toda oportunidade, agitava o corpo e gritava.

Esse tipo de reação não era nenhuma novidade; quando o desespero se tornava tão intenso a ponto de precisar externá-lo, Seonggon esmurrava o chão com o corpo trêmulo. Agora, uma emoção oposta havia tomado conta dele, uma felicidade tão grande que ele não conseguia reprimir. Kim Seonggon tremia, mordia o lábio e soluçava de leve por sua jornada tão árdua ter sido reconhecida e recompensada.

Ranhee molhava as plantas quando Seonggon irrompeu pela porta. Pensando se tratar de um assaltante, ela tentou em vão se defender segurando o regador como se fosse um revólver, no entanto, quando o marido caiu de joelhos, soluçando, Ranhee prendeu a respiração ao imaginar que tipo de desastre havia se abatido sobre ela dessa vez. Foi só depois de Seonggon lhe contar aquela história inacreditável em meio às lágrimas que Ranhee conseguiu soltar o ar.

— Passei por tudo aquilo para chegar até aqui... — disse ele. — Para isso, para chegar até aqui...

Seonggon chorava tão copiosamente que Ranhee nem conseguiu entender as últimas palavras. Com calma, ela pôs o regador, que quase derrubara, em cima da mesa, então se agachou e abraçou com força o marido prostrado à frente dela.

— Eu odiei você tanto... e ainda odeio. Mas preciso admitir que você tentou e se esforçou de verdade — murmurou Ranhee. — O que aconteceu é o que precisava acontecer a alguém como você.

Ranhee falou sério. Apesar de não querer pensar nas dificuldades e mágoas que sofrera por causa dele, seu coração sempre guardara uma última esperança por Seonggon, pois sabia que ele nunca desistira, por mais que a trajetória tivesse sido marcada por dor e fracasso. Ranhee sabia que o coração de Seonggon era bom.

O olhar do casal encontrou o de Ayeong, que espiava atrás da porta. Seonggon foi até ela, que se jogou nos braços do pai num abraço apertado. Ele pôs o braço ao redor de Ranhee e os três se transformaram em um só. Mesmo se alguém tentasse separá-los, suas mãos pareciam conectadas tal qual uma dobradura de papel, enquanto se abraçavam como uma família. Foi um momento perfeito.

47

O que se seguiu foi surreal. Fotos de Seonggon ao lado de Glenn Gould apareceram no noticiário com a manchete "Nosso herói e Glenn Gould dão um aperto de mãos".

A história de Seonggon era digna de uma novela; a trajetória de um homem se erguendo de um túnel escuro e infinito para se tornar um herói civil e fechar um acordo de investimento com um homem como Glenn Gould, que por acaso estava de passagem pela Coreia do Sul, era o suficiente para virar manchete. A vida de Kim Seonggon foi redescoberta, e as fotos do moletom com estampa de urso que apareceram no vídeo do canal de Jinseok se tornaram um meme, com dizeres do tipo "Está na hora de ir ver Andreas Kim Seonggon outra vez".

As pessoas estavam doidas por Kim Seonggon; ele foi convidado para contar sua história em programas de televisão, e seus fracassos se tornaram uma medalha de honra. Andreas Kim Seonggon era exatamente o que as pessoas precisavam em tempos de desespero e má sorte. As músicas originais da banda de Jinseok e a canção "Tum-tum do Fio" começaram a ganhar popularidade, assim como a amizade que ultrapassava gerações entre Jinseok e Seonggon.

Com o capital de Glenn Gould e da Nonet por trás, o projeto saiu do papel e ganhou vida. Andreas Kim Seonggon recebeu o título de Presidente do Projeto Fio. Com a inclusão de desenvolvedores, Seonggon virou a noite em reuniões sobre sistemas robustos e gerenciamento. A Nonet revelou o projeto em um de seus portais on-line e milhares de pessoas baixaram o aplicativo, interessadas em ter um canal para mudarem a vida para melhor, e começaram a interagir por meio das categorias de Fio — para quem se desafiaria a completar uma missão — e de Corda Salva-Vidas — para quem desejasse ser um apoiador.

Andreas Kim Seonggon já não era mais um homem de meia-idade comum, com uma barriga saliente e ombros curvados; era um homem de sucesso! Suas dívidas haviam sido quitadas num piscar de olhos, e ele comprou uma casa novinha em folha, um carro zero e brilhante e uma Harley-Davidson mais reluzente do que tudo. Também mantinha um sorriso no rosto e uma sensação de paz e tranquilidade. Sua vida havia tomado um rumo prazeroso e fantástico.

Naquela noite, ao deitar-se na cama, Kim Seonggon adormeceu se perguntando até quando aquelas circunstâncias iriam durar. Uma fraca inquietação permeava aquela pergunta, mas logo ele se viu incapaz de pensar em qualquer coisa. A vida tinha acelerado para além do controle e tudo havia mudado. O que ele tinha aceitado como uma felicidade chocante e irrealista foi aos poucos se tornando tão natural quanto respirar. Para Seonggon, o dinheiro não era um meio de alcançar a felicidade, mas apenas um número que aumentava e diminuía depressa, e logo suas responsabilidades foram multiplicadas por esse número e ficaram maiores e mais pesadas.

O maior dilema da vida é que ela continua. Flui sem direção ou propósito. Por isso, todo esforço para encontrar uma causa e efeito e um significado costuma ser em vão. As respostas que pensamos ter encontrado podem dar uma solução temporária, mas não conseguem se aprofundar no todo. A única verdade da vida é que ela não para.

A boa sorte de Kim Seonggon, que ele achou que seria eterna, durou pouco no curso da vida. Foi breve e passageira, como se o vento levasse embora a imagem de um deus criada pelas nuvens acidentalmente.

Apesar de ter sido merecida, é lógico, a sorte que caíra no colo de Andreas Kim Seonggon foi repentina e grandiosa demais para que ele a sustentasse sozinho. Havia muita gente que o apoiava. Ter o patrocínio de alguém muito mais poderoso desde o início foi um golpe de sorte no curto prazo, mas, no longo prazo, trouxe mais problemas do que soluções. Infelizmente, Kim Seonggon não foi sábio o bastante para perceber que seu eu interior estava sendo ferido por aquela onda de sorte inesperada. Fosse por um excesso de inocência ou de indiferença, fez o que o mundo inteiro fazia: se refestelou, intoxicado por uma vida que mudara em um instante.

Kim Seonggon dirigia por uma rodovia em velocidade máxima quando perdeu o controle numa curva abrupta e seguiu por uma estrada de terra acidentada, cheia de buracos e barrancos, mas não pisou no freio. Trincou os dentes, achando que a estrada ficaria plana outra vez depois daquele pedaço perigoso, mas, no fim, ele caiu de um penhasco repentino. A culpa de toda aquela maré de azar caiu sobre a inexperiência do piloto, que fora subjugado.

E, tão simples quanto virar uma página de um livro, o capítulo do sucesso de Andreas Kim Seonggon chegou ao fim.

Parte quatro

Aperto de mãos

48

Agora vamos dar uma olhada em Andreas Kim Seonggon dois anos depois. Ele está deitado no sofá, numa sala escura, assistindo a um programa de entretenimento na televisão. Sua pele está opaca e o cabelo, seco, e de vez em quando ele ri de algo que aconteceu na tela; uma risada vazia que desapareceria no momento em que desligasse a televisão.

O Projeto Fio ainda existia, mas fora renomeado, e seu funcionamento havia se tornado descaradamente comercial. E Kim Seonggon ficou desempregado. Isso aconteceu menos de seis meses após ele se tornar diretor executivo.

Pouco depois do financiamento, de a equipe ter aumentado e de o projeto ter sido oficialmente lançado, Kim Seonggon foi tomado por uma sensação esquisita. Era como se estivesse descendo em disparada por uma escada em espiral que se estreitava cada vez mais, sabendo que, ao chegar à base, estaria sozinho. Ao mesmo tempo, não podia deixar de pensar "E se?", como um truque para consolar a si mesmo. *Depois de tanto esforço, não pode acabar assim. Eu dei meu sangue por esse projeto. Por mais imprevisível que a vida seja, não importa.*

Kim Seonggon não tinha as habilidades de gerenciamento necessárias para assumir um empreendimento daquele tamanho. O Projeto Fio fora ideia dele, que tivera a sorte de ser nomeado seu representante enquanto vestia a camisa de herói do bem, mas os limites estavam claros e a lógica do mercado era cruel. Na melhor das hipóteses, Kim Seonggon era um diretor de fachada, que só participou durante um curto período para promover o projeto.

Muitos dos novos funcionários da Nonet quiseram se juntar à empresa para ganhar experiência com o Projeto Fio, e Seonggon ficou aflito por não entender a terminologia que usavam para se comunicar. Então começou a escutar os funcionários fofocando sobre ele no banheiro e, durante o expediente, sentia que estava segurando uma batata quente, e que o número de especialistas prontos para substituí-lo só aumentava.

Nesse meio-tempo, o projeto se tornou um grande sucesso e o número de participantes cresceu. Contudo, em uma das reuniões, a ideia de renomear o projeto como "Comunidade Projeto Fio" e alterar os detalhes para que se tornasse mais comercial encontrou uma forte oposição por parte de Seonggon, e aconteceu o que ele havia previsto — e, talvez, o que todos ali desejavam: uma troca de farpas que terminou numa acusação de Seonggon ser uma marionete. Ele deixou a reunião enfurecido.

Após algumas horas, conseguiu se acalmar e retornou à sala de conferências, mas a reunião tinha continuado sem a presença dele. Seonggon estava prestes a entrar de volta na sala quando Gyupal apareceu do nada e, depois de um longuíssimo papo furado, disse o seguinte:

— Por sermos amigos, eu vou ser muito sincero. Acho que sua função aqui já terminou.

Kim Seonggon ficou de queixo caído. Ao ouvir o tom de voz calmo de Gyupal, ele se deu conta de que a decisão já havia sido tomada nos níveis mais altos.

— Você já devia estar ciente disso... mas continuou dificultando as coisas.

— Mas o que estão fazendo não tem nada a ver com a direção que eu tinha em mente. Quando a direção muda, tudo muda, inclusive o valor. Isso foi ideia minha — falou Kim Seonggon, com os lábios tremendo e batendo no peito.

Gyupal assentiu depressa, como se estivesse cansado.

— É verdade, foi ideia sua, mas quanto você acha que ela vale? Provavelmente nem é tão valiosa quanto você pensa. Vamos ser honestos?

A reunião seguia normalmente atrás das portas fechadas, e o homem que bloqueava a passagem de Seonggon era o mesmo Jacob que trocara pão e vinho por dinheiro na época da infância.

— Você continua um... — Seonggon resfolegou. — Ainda acha que tudo se resume à lógica da compra e venda?

Gyupal ergueu as sobrancelhas por um segundo antes de abaixá-las de novo.

— Por princípio, sim.

Foi então que Seonggon percebeu o que havia sentido ao rever Gyupal; um sentimento de desorientação, a sensação de que nada havia mudado nele desde a infância, não importava a diferença que visse por fora.

Andreas Kim Seonggon permaneceu parado do lado de fora da porta, assim como havia feito naquele dia, tantos anos antes. Só lhe restou aceitar o que acontecia do lado de dentro.

Depois de alguns dias refinando os detalhes e revisando os procedimentos acordados, Kim Seonggon deixou o prédio. Todos os argumentos foram colocados à mesa e cada uma das cláusulas foi estampada com a assinatura dele, mas, ainda assim, ele se sentiu derrotado. Olhando para trás, viu um prédio sólido, cheio de esplendor e imponente como um portão de ferro, aonde ele nunca mais voltaria para ocupar a cadeira que fora sua por tão pouco tempo.

Kim Seonggon lembrou-se de quando Glenn Gould o chamou de "amigo". Ele ainda estava à procura de novos negócios e fazendo isso e aquilo, como se a intenção fosse transformar o mundo em seu parque de diversões particular. Gould usava a palavra "amigo" para se referir a todos os novos parceiros de negócios.

Seonggon até que foi um recurso decente a ser explorado pelo universo corporativo, mas sua vida útil havia acabado. E, simples assim, Andreas Kim Seonggon foi descartado.

49

Pensar que tudo está caindo aos pedaços pode destruir uma pessoa.

Ele estava destruído. Era tarde demais; estava velho e o fervor que cultivara com tanto esforço se provou um fracasso. Uma voz dentro de Seonggon começou a sussurrar: *Você está vivendo errado.*

Ele estava entediado. A vida era insuportável, e ele estava de saco cheio. Mesmo com um grande esforço para se dar bem, que diferença fazia? Depois de todas as reviravoltas, o que havia para ganhar, mesmo se a sorte batesse à porta de novo? Dinheiro? Tudo iria embora em coisas que se desgastariam com o tempo, e Seonggon morreria velho sem ninguém para cuidar dele. Ele deu uma risada sarcástica; não tinha lhe ocorrido que a vida não o deixaria envelhecer em paz.

Se a vida era assim tão maldosa e cruel, não havia sentido em lutar contra. Se ele perderia aquele jogo de qualquer forma, seria menos doloroso viver do jeito mais confortável durante um determinado tempo.

E, assim, com um aperto de mão atrás do outro, a vida deu uma ordem bem fácil e bem simples a Kim Seonggon, que aos poucos desmoronava. Num sussurro, a vida repetia: *Você está certo. Você está certo. Então volte a viver como vivia antes. A ser quem você era.*

Até que ele não conseguiu resistir aos sussurros.

50

Kim Seonggon ficou meses sem sair de casa. No início, vivia em silêncio, depois passou a ficar cada vez mais raivoso, até sua expressão facial e seu linguajar chegarem ao ponto do descontrole. A paciência silenciosa de Ranhee com relação a ele era quase ansiosa, como se ela estivesse à espera da última gota d'água. Tal fato o fazia ficar ainda mais insuportável. O próprio Seonggon não sabia o que queria; tinha se acovardado numa toca onde ninguém mais podia entrar e, ao mesmo tempo em que ansiava pela atenção externa, se alguém ousasse espiar o lado de dentro, ele explodia.

Um dia, a paz foi por água abaixo quando Ranhee, impaciente, o questionou. Seonggon não conseguia se lembrar muito bem o que respondera quando a esposa perguntou por quanto tempo aquilo iria durar, pois estava sendo insuportável de ver. Só o que conseguiu se lembrar vagamente foi de ter cuspido palavras que nunca deveriam ter vindo à tona, de uma forma que nunca deveriam ter sido ditas. Quando Seonggon voltou a si, Ranhee estremecia com lágrimas nos olhos.

— Você nunca muda mesmo. Pode ter pensado que sim, mas só fingiu, para enganar os outros e a si mesmo. Mas não mudou.

Ranhee respirou fundo, e Seonggon silenciou mentalmente o que a esposa dizia. Ele sabia que se dissesse a ela naquele momento que havia cometido um erro, ela o perdoaria. Se ele se arrependesse e tentasse outra vez, talvez algo mudasse.

No entanto, Seonggon escolheu não seguir por esse caminho. Ele iria na direção que sua natureza, que seu temperamento lhe mandasse ir. Seonggon não queria se curvar. Não queria admitir que estava arrependido. Já não tinha sido o suficiente ter se curvado para o mundo? Será que teria que se curvar dentro da própria casa? Seonggon achou que Ranhee o estava forçando a fazer isso.

— Vá embora. Saia daqui e me deixe sozinho.

Kim Seonggon praguejou contra a própria vida. Nesse instante, seu olhar cruzou com o de Ayeong quando a adolescente saiu do quarto. Ayeong, aos dezessete anos, não era mais criança. Um dia, dois anos antes, o olhar dele havia cruzado com o dela da mesma forma, enquanto ela saía do quarto. Naquele dia, ela o abraçara com lágrimas nos olhos.

Sentimentos complicados encheram o coração de Kim Seonggon, mas sua expressão facial não mudou. Ele estava exausto; só o que importava no universo naquele momento era a própria fadiga.

Em um segundo, a casa ficou vazia e ele foi deixado sozinho na sala escura. Passaram-se dias daquela forma, sem ninguém entrar em contato com ele.

51

O que Seonggon aprendeu com essa série de eventos foi como a natureza da vida era inexplicável e imutável.

Se a sorte batesse à porta por acaso e anestesiasse quem tocasse, a má sorte viria logo depois declarando "Aqui estou!"; se a sorte oferecesse uma breve consolação como "Parabéns, você tentou", então a má sorte se intrometeria dizendo "Hum, quer saber de uma coisa?" e então aumentaria o ritmo e a intensidade antes de jogar quem tentasse escalar o muro da vida num abismo profundo.

No decorrer de vários dias e várias noites, a mente de Seonggon o levou a pensar em Jinseok. Fazia mais de um ano que não ouvia falar dele. Seu primeiro single tinha sido um sucesso por um tempo, mas foi só. Por algum motivo, a banda acabou, e as pessoas não aceitaram muito bem a volta do canal de Jinseok. Ele não tinha feito nada de errado exatamente, só não era atraente o bastante para que o público se mantivesse interessado. Em vez de as pessoas gostarem dele por ser jovem e diferente, diziam estar de saco cheio e não queriam mais acompanhá-lo.

O último vídeo que Jinseok postara em seu canal do YouTube tinha sido uma mensagem dizendo que iria se afastar da rede por um tempo. O rosto de Jinseok ficou sombrio enquanto ele dizia ter sido ofendido e que estava traumatizado com os comentários negativos. Aquela era a mesma expressão que ele exibia quando era excluído na época da pizzaria.

Kim Seonggon sentiu um gosto amargo na boca. Por que tinha que ser sempre assim? Por que nada havia mudado? Por que estava tudo da mesma forma como havia começado? Por que a vida era uma perda de tempo? Por que estava tudo dando merda?

Talvez as respostas estivessem nas últimas palavras de Ranhee para ele.

— Sabe de uma coisa? Achei que você tinha conseguido. Eu o apoiei e achei que tivesse feito um esforço de verdade, e que tinha mudado. Mas você se iludiu, e eu me iludi acreditando no que eu quis acreditar. Por um momento, você achou que tudo estava bem, não é? É fácil ser uma boa pessoa quando as coisas vão bem e você se sente bem; qualquer um faz isso. Mas, quando o calo aperta, quando dá tudo errado e as coisas não acontecem como esperava, aí é quando você volta a ser você mesmo. No final das contas, você não mudou nada. Vai ser o mesmo até o fim.

Foi um argumento irrefutável, e Andreas Kim Seonggon ficou sozinho. Permaneceu parado no meio da sala vazia com o coração vazio; estagnado em sua vida de desventuras e infortúnios.

Pairava um silêncio inacreditável, tal qual o oceano após uma tempestade. Então Kim Seonggon se levantou e, com passos pesados, saiu para tirar uma dúvida.

As pessoas caminhavam com pressa pela rua. O barulho, as risadas e o sol ardido eram os mesmos de antes. Andando sem rumo, refletiu sobre todo seu esforço durante muito tempo e ficou com pena de si mesmo por ter sido tão idiota a ponto de enfrentar o mundo achando que aquelas mudanças cotidianas poderiam alterar o rumo de sua vida.

Com o pôr do sol, a noite caiu, escura como breu. Antes que se desse conta, Andreas Kim Seonggon tinha chegado à estação Seul. O que queria ver estava ali; a estação vazia e o ar rançoso lhe eram familiares. Tudo continuava onde deveria estar, feito bonecas dentro de caixas de vidro bem-organizadas; moradores de rua ainda eram moradores de rua; transeuntes solitários ainda eram transeuntes solitários; e as notícias ainda passavam na televisão. Era como se nenhum esforço fosse necessário, pois todos estavam onde deveriam estar e do jeito que deveriam estar.

Algumas pessoas conseguiam atravessar a paisagem estável e entrar em um novo mundo, e Kim Seonggon foi uma delas por um tempo, antes de tudo ser descartado e ele voltar ao estado e à forma que mais se adequavam a quem ele era. Aqueles que lutavam contra a ordem do universo e não conseguiam superar sua tendência natural de retornar ao estado original acabavam derrotados. Nesse sentido, Kim Seonggon não era mais do que um simples perdedor. E o fato de não ser diferente da maioria das pessoas não servia de nenhum consolo. Ele tinha se esforçado muito para ser diferente dos outros.

Ao compreender um segredo tão simples, Kim Seonggon espiou ao redor de olhos arregalados. Algo despertou dentro dele ao observar o morador de rua agarrado a uma garrafa de bebida e o rosto de alguém preenchendo a tela do noticiário. Precisava ir a um lugar que deveria ter visitado antes.

Foi assim que Kim Seonggon se viu de volta à ponte do rio, exatamente onde toda aquela confusão havia começado. Depois de beber demais, o mundo se movia como as águas daquele rio. Seu desespero naquele momento, porém, era calmo e plácido, em vez de denso e transbordante.

Ao caminhar pela ponte, Kim Seonggon notou um fato curioso: as grades antissuicídio que margeavam a ponte estavam mais altas do que dois anos antes. Até a barreira contra a morte havia aumentado. Não havia ninguém por perto, e ele desceu devagar até a beira do rio. Aos poucos, entrou na água e, em dado momento, seus pés pararam de tocar o fundo. A água lhe invadiu as roupas, o nariz, a boca, o corpo inteiro. Tinha gosto de merda. Era mais do que apropriado que essa fosse sua última impressão sobre o mundo.

52

O que a vida queria dele, para não o deixar ir nem quando tentava morrer?

Quando acordou, Kim Seonggon se viu num quarto de hospital. A polícia lhe informou que um dos vários pescadores que testemunharam seu iminente afogamento pulou na água para resgatá-lo. No entanto, também disseram que não conseguiram contatar a pessoa que o resgatara, que desapareceu logo após a ambulância chegar e o pulso e a respiração de Seonggon voltarem ao normal. Ranhee e Ayeong foram até o hospital em resposta à ligação repentina, mas tinham ido embora depressa ao confirmarem que Seonggon estava a salvo.

Kim Seonggon levantou o olhar para as paredes brancas do hospital e refletiu. Pensou se teria conseguido o que queria caso tivesse sido mais sofisticado, caso tivesse se jogado do topo de um prédio ou se entupido de remédios trancado em um quarto. Pensou se havia tomado uma decisão errada ao escolher o rio para não incomodar ninguém que precisasse lidar com seu cadáver. Por qual motivo o mundo continuava colocando-o em dívida com os outros?

Ao sair do hospital, Kim Seonggon permaneceu por um tempo parado na rua, sem saber para onde ir. Perambulou feito uma criança perdida e então se dirigiu ao bairro onde costumava fazer entregas. Como em uma peregrinação, passou por cada uma das vielas por onde pedalara sua bicicleta até sentir-se atraído a um local. Era a frente do prédio do instituto onde Park Shiryeong trabalhava.

Sem saber o que desejava confirmar, Seonggon ficou parado em frente ao prédio, onde os ônibus amarelos continuavam alinhados. Se tudo continuava mais do mesmo, então o que ele procurava deveria estar ali também. No entanto, parecia improvável. O que desejara mudar não mudou, e o que desejara que permanecesse igual parecia ter desaparecido. Se havia aprendido alguma lição em seus quase cinquenta anos de vida, era a ser triste e solitário.

Foi então que um ônibus amarelo dobrou a esquina ao longe e deslizou pela rua até parar com suavidade na frente de Seonggon. Um rosto conhecido apareceu por detrás das crianças barulhentas: o mesmo motorista, Park Shiryeong. Seonggon foi tomado por um sentimento inexplicável e lentamente se aproximou dele.

— Lembra-se de mim, meu velho?

Park Shiryeong semicerrou os olhos ao fitar Seonggon e abriu um sorriso fraco.

— Sim, eu me lembro. Faz tempo, hein? Como tem passado?

Seonggon assentiu sem dizer uma palavra. Então reuniu sua coragem para recomeçar.

— Meu velho, eu... O que acha? Mudou muita coisa?

— Não sei. A meu ver, está o mesmo de sempre — respondeu Park, no mesmo tom calmo e com o rosto totalmente intocado pela ação do tempo.

Por algum motivo, aquele tom de voz tranquilizou Kim Seonggon. Ele sentiu que voltara a um lugar seguro.

— Não sei por que estou dizendo isso, mas sabe de uma coisa? Não sei por que estou vivendo. Eu me esforcei tanto, e deu tudo errado — disse Seonggon, despejando as palavras.

— Às vezes dá certo, às vezes, não. A vida é assim — respondeu Park Shiryeong, como se fosse algo trivial, e começou a polir o ônibus com um pano seco.

Kim Seonggon precisou contra-argumentar.

— Eu pisei feio na bola e agora não tenho mais nenhum objetivo, não sei o que fazer nem pelo que viver.

— Sim, entendo — respondeu Park Shiryeong simplesmente.

— Eu só fui jogado no mundo, sabe? Nem pedi para nascer, mas de repente me tiraram de dentro do útero e me jogaram no mundo. As pessoas já nascem solitárias e inseguras, sem saber como viver a vida. Por isso, se agarram a qualquer coisa que esteja por perto e às vezes não encontram coragem para soltar, só choram e aguentam o tranco. Só que aí vem outra pessoa e arranca o que está nas mãos delas, e elas choram e voltam a se sentir inseguras, como recém-nascidas. Porque não ter nada em que se agarrar e lugar nenhum para ir dá medo. Mas a vida é assim.

Seonggon encarou o homem à sua frente, incapaz de continuar. Park Shiryeong parou de se mexer e virou-se para encarar Seonggon.

— Deixe-me fazer uma pergunta... Que tipo de vida você acha que eu tive? Acha que tive sucesso ou não?

Seonggon não fazia ideia de como era a vida de Park, então respondeu com base no que via.

— Não sei, mas você sempre me parece muito satisfeito.

— É isso mesmo. Eu estou muito feliz com minha vida, mas você acha que sempre foi assim? Acha que foi do nada? — Park Shiryeong semicerrou os olhos. — Já passei por bastante coisa, algumas de um esplendor inimaginável, outras, de uma feiura insuportável, e outras, de um êxtase que fazia meu corpo tremer, e isso durante muito tempo. Enquanto isso, eu reagia com todas as minhas emoções e ficava indo e vindo entre o céu e o inferno, da melhor forma que podia. Em outras palavras, eu era igualzinho a você. E agora aqui estou, do jeito que você me enxerga.

Sem saber por que, Seonggon começou a lacrimejar. Foi só naquele momento que teve um vislumbre de qual era o segredo de Park para aceitar a vida. Ele se lembrou de quando viu Park parado debaixo da chuva, tentando criar uma passagem segura para as crianças.

Park não havia transformado a vida em sua inimiga nem se rendido a ela. Quando precisou encarar as idas e vindas, assim o fez, e quando não conseguiu fazê-lo, passou a observar as belezas que ela lhe concedia através de um olhar infantil. Seonggon nem se atreveu a tentar compreender qual tipo de vida Park precisou ter para que seu rosto adquirisse aquela placidez tão sólida.

— E, a meu ver, você também teve uma vida para lá de boa.

— Como que eu tive uma vida boa? Está tudo um caos — resmungou Kim Seonggon, bufando.

— É claro que está um caos. Por isso você veio chorar para um completo estranho que nem eu. — Park Shiryeong deu risada. — Mas você acha que a vida é só isso?

— O quê?

— Você acha que só existe o caos? — Park Shiryeong aproximou o rosto do de Seonggon. — Preste atenção na sua vida, no que você viveu. Não deve ter tido só momentos de caos. É impossível ter uma vida que se resuma ao caos.

Park afastou-se de novo e observou Seonggon com um olhar gentil.

— E acho que você fez um bom trabalho. Pois não é todo mundo que tenta entender a vida. Se parar para pensar, você está fazendo um ótimo trabalho.

Park Shiryeong apertou a mão de Seonggon e lhe deu um tapinha nas costas. A combinação entre o aperto de mão forte e os tapinhas moderados foi como um grande cobertor acalentando as feridas de Seonggon.

Bom trabalho. Um ótimo trabalho. Uma vida bem vivida.

Seonggon assentiu diversas vezes conforme as palavras de Park se cravavam em seu peito. Era óbvio que não tinha feito um bom trabalho. Cometera vários erros e desperdiçara sua vida. Mas ficou tão grato por ouvir aquelas palavras que sentiu vergonha de guardá-las só para si e, dessa forma, lágrimas começaram a rolar por seu rosto.

As pessoas que passavam pelos dois homens os olhavam de maneira esquisita. Kim Seonggon nem se deu ao trabalho de evitar os olhares; sentia-se grato até pela forma diferente com que o olhavam. *Você está fazendo um ótimo trabalho.* As palavras continuaram ecoando no coração de Seonggon, e ele sentiu vontade de entregar aquelas mesmas palavras a outra pessoa. Viver com esse propósito não seria algo ruim.

Às vezes, o que sustenta a vida são os menores detalhes.

Com toda a humildade, Kim Seonggon abaixou a cabeça em respeito frente aos mistérios da existência. Quando a levantou outra vez, em vez de brigar com o mundo ou desistir, decidiu apertar as mãos da vida, de igual para igual.

53

— Você veio...

— Há quanto tempo, chefe.

— Sua cara está péssima.

— Eu envelheci, não é? Deve ser porque não nos vemos há muito tempo. Você não mudou nada.

— Está mais sociável, é? Que não mudei nada o quê! Estou velho e acabado.

— Nos reencontramos depois de tanto tempo e já começamos com os elogios... como nos velhos tempos.

— Por que você não entrou em contato?

— Eu estava deprimido. Parecia um caracol sem sair da própria concha por um tempo.

— Eu também, mas pensei bastante em você. Principalmente depois de conseguir este lugar.

— Foi por isso que me pediu para vir, não foi?

— Isso mesmo. Você pensou no assunto?

— Eu vim até aqui para isso. Olha só, é bem espaçoso. Mais que o dobro do anterior.

— Este lugar era um depósito. Imaginei que eu precisaria de um novo lugar antes que minhas ideias saíssem do papel, então a primeira coisa que fiz foi começar a gritar. Ainda tinha sobrado um pouco de dinheiro para o aluguel e vendi minha Harley-Davidson, que só cheguei a dirigir duas vezes, mas quando parei de gritar, me lembrei de você. Me lembrei de quando dividimos o mesmo espaço, cada um correndo atrás do próprio objetivo, e pensei que seria uma boa se você viesse de vez em quando para esfriar a cabeça ou trabalhar em alguma ideia.

— Mas nós dois não falhamos?

— Falhamos, então precisamos recomeçar. Só não sei por onde.

— Você me disse para recomeçar exatamente do lugar onde eu estiver.

— E o que você quer começar?

— AAAAAAAH! Ufa, que alívio! Fez um eco perfeito! Experimente gritar também. AAAAAAAAAH!

— Perguntei o que você quer começar...

— AAAAAAAAH! Estou falando sério, experimente fazer que nem eu.

— AAAAAAAAAH. É verdade, faz um eco muito alto.

— Ei, universo, vai se foder!

— Jinseok, abaixe a voz.

— Mundo de merda, vai pra casa do caralho!

— Jinseok, chega.

— Vou gritar de novo, aí você grita outra coisa para fazer eco!

— Não sei como é que você se conteve por tanto tempo. Alguém deveria escrever uma tese de psicologia sobre a sua frieza seletiva.

— Desculpe, chefe, é que, depois que o encontrei, a porta do falatório se abriu para mim.

— Então vamos ficar aqui. Juntos, mas cada um no seu canto, que nem antes. Vamos fazer um acordo por escrito desta vez, hein?

— Desta vez, eu vou pagar para usar o espaço. É tranquilo para mim. De vez em quando você pode me pagar uma refeição. Vou tentar ficar por no máximo uma hora, mas, se você me pedir para ir embora de supetão, eu posso me recusar a ir.

— Está bem, como quiser.

— Aliás, você me perguntou... o que eu vou começar, né?

— Isso.

— Ué, vou fazer o que você tinha me falado, chefe.

— Que é...?

— Recomeçar exatamente de onde estou. Fazer o que posso.

— Eu disse isso? Que frase bacana... não me lembrava.

— É algo que ficou na minha cabeça.

— Mas por onde você quer começar de verdade?

— Vamos comer primeiro?

— Acho que não é uma boa ideia. Não é nada construtivo. Melhor só ficarmos olhando pela janela.

— Ótimo, posso ficar observando as pessoas passarem sem ter um novo motivo para chorar.

— É isso aí.

— O eco preenche aqui dentro, enquanto o mundo gira lá fora.

— Parece letra de música.

— Mas não é? O eco preenche este lugar e o mundo continua girando... *o eco preenche, e o mundo vai girando...*

— Está cantarolando o quê? Já está compondo de novo? Acho que você nunca vai abandonar a música.

— Não, já estou de saco cheio.

— Está rindo do quê?

— De você, chefe.

— Eu estou rindo, por acaso?

— Está.

— Fico feliz de ver você sorrindo, Jinseok.

— E eu de ver você sorrindo, chefe.

Epílogo

Uma vida

Ninguém sabe o que aconteceu com Andreas Kim Seonggon depois disso. Ele só continua por aí, misturado à multidão.

Mas também podemos imaginar algo assim:

Você caminha pela rua e acaba reparando numa pequena floricultura com lindas flores na vitrine. Ao entrar, a simpática dona da loja sorri e te cumprimenta. O sorriso dela é tão belo quanto uma flor, e é difícil imaginar que, apenas alguns anos antes, ela temia sair do quarto por se assustar com o mundo.

Um homem de meia-idade grisalho fala com ela e aponta para um buquê de flores simples e um pequeno vaso de flor-da-fortuna. Pede um embrulho simples e diz que as flores são um presente para a esposa, em comemoração ao aniversário de casamento deles, e para a filha, por ter chegado à maioridade. Ela se recusa a aceitar o cartão dele, pois não se esqueceu de que fora ele quem a ajudara a sair do quarto. Mas o homem paga pelas flores de qualquer forma.

A dona da loja começa a embrulhar os presentes, e o homem olha em volta sem a menor pressa. Observa as flores com um olhar carinhoso; algumas já completamente desabrochadas, outras ainda fechadas e outras já um pouco murchas, até. Com a maior calma, fareja o ar, como se para absorver os aromas e as cores.

Enquanto você escolhe entre as opções de flores, sem querer, esbarra no homem. Ele assente depressa, em forma de um pedido de desculpas. Então abre o caminho para que você passe primeiro. Em troca, você abre um sorriso educado e não se sente mal pelo esbarrão.

Não sabe que aquele homem teve uma vida complicada e turbulenta de fracassos e sucessos. Não sabe quantas vezes ele desejou morrer nem quantas vezes tentou cumprir esse propósito, e também não sabe que ele havia tomado a decisão de nunca mais estender a mão para a morte primeiro. Você não sabe que ele tem uma amiga fantástica, que aprendeu a dirigir quando já estava mais velha e agora atravessava os Estados Unidos de carro, nem que ele tem um jovem amigo que é um músico talentoso. Nunca vai saber que ele vem cultivando novos sonhos e planos dentro do coração todos os dias, nem que está dando um passo em direção ao que deseja hoje mesmo.

O fato é que, em algum momento, ele esbarrou em você. Mas você nem deve se lembrar disso.

Mas as costas dele estavam retas, os olhos, brilhantes, e, mesmo depois de tudo pelo que passou, de tudo o que viu, depois de ter chegado ao fundo do poço, ele estava se tornando um novo homem, com uma alma serena e um semblante que abraçava tudo, muito diferente de quem era no início desta história.

Nota da autora

O início desta história é um pouco diferente das outras. Para ser mais precisa, esta foi a primeira história que criei porque alguém a encomendou ou me pediu.

Na época em que tentava escrever este livro, me sentia pressionada pelo desejo persistente de escrever e pelas minhas obrigações como escritora. Tive inúmeras ideias ao mesmo tempo, mas nenhuma delas me atraía de fato.

Uma noite, eu estava pesquisando por palavras-chave (agora nem me lembro de quais eram) e de repente me deparei com um texto curto que alguém postou na caixa de perguntas de um portal havia muito tempo. Só o vi uma vez e nunca mais consegui encontrá-lo, então não é uma transcrição exata, mas a mensagem era simples: a pessoa pedia uma recomendação de uma história sobre alguém que fracassava e depois obtinha sucesso, e a pessoa que fez o pedido precisava dessa história naquele exato momento. Por algum motivo, senti que havia certo desespero ali. Infelizmente, não havia mais comentários. Decidi que precisava escrever uma história para aquela pessoa que nunca recebera uma resposta, uma história sobre alguém que fracassou, que tentou se reerguer por iniciativa própria e que renasceu das cinzas. E, assim, de maneira espontânea, Kim Seonggon surgiu.

Houve momentos em que pensei que as coisas estavam quietas demais e que o sofrimento estava aumentando, e só o que me manteve de pé foram as palavras de consolo e conforto das pessoas mais próximas, mas elas não eram o suficiente. Frases do tipo "Está tudo bem", "Você já fez o suficiente" ou "As coisas são assim mesmo" ajudavam a acalmar minhas lágrimas, mas, para ser sincera, elas voltavam. Com o tempo, esse tipo de frase se tornava vazia e sem significado. O que de fato me colocava de pé outra vez era o tom acolhedor com o qual as pessoas à minha volta, ou eu mesma, me diziam para tentar de novo.

Graças a esse apoio, minhas tentativas deixaram de parecer inúteis e passaram a fazer sentido, me dando a confiança necessária para saber que eu era capaz de me reerguer. Durante os momentos difíceis, eu visualizava um futuro onde poderia me lembrar daquela situação e colocar um sorriso no rosto. Não importava o quanto demorasse ou o quanto fosse difícil, um dia tudo se resumiria a uma única frase: "Foram tempos difíceis", acompanhada de uma risadinha no final. Se você que está lendo estiver tendo um dia difícil, quero dizer o seguinte: tenho certeza de que o mesmo acontecerá com você.

É claro que, após conseguir o que quer, pode ser que você desmorone de novo. Uma vida sempre tranquila, em que flutuamos sem esforço algum em águas mornas pela eternidade, não existe e, se existisse, tenho certeza de que as únicas palavras para descrevê-la seriam "tediosa" ou "letárgica", nunca "feliz". Porque a vida é uma tempestade, não uma piscina dentro de um espaço fechado. Um dia, você terá que encarar a tempestade outra vez e terá que lidar com ela. Com suas próprias habilidades e sabedoria.

Uma pessoa próxima de mim, que leu esta história antes de todo mundo, disse que o superpoder de Kim Seonggon era nunca desistir e continuar tentando. Acho que é verdade, mas tendo a acreditar que todos nós temos esse superpoder. Precisamos nos levantar com a nossa própria força. Nesse sentido, se não machucar ninguém no processo, suas tentativas sempre serão lindas e valiosas.

Quero aplaudir, mesmo que de longe, aquelas almas que se recusam a se acomodar e dão tudo de si. Então, pela primeira vez, pego emprestadas as palavras de outro autor para dizer a quem estiver lendo: estou torcendo por você.

Julho de 2022
Won-pyung Sohn

Impressão e Acabamento:
BMF GRÁFICA E EDITORA